ARTHUR HEULHARD

PHOCAPHARNÈS

PARIS

LIBRAIRIE DE L'ART

E. MOREAU ET Cie

41, rue de la Victoire, 41

1904

4·Z
1540

PHOCAPHARNÈS

ARTHUR HEULHARD

PHOCAPHARNÈS

PARIS

LIBRAIRIE DE L'ART

E. MOREAU ET Cie

41, rue de la Victoire, 41

—

1904

PHOCAPHARNÈS

I

Où IL EST QUESTION DU « PHILOPATRIS, DE LUCIEN »
ET COMMENT M. SALOMON REINACH LE DÉCRÈTE CONTEMPORAIN DE NICÉPHORE II
SURNOMMÉ PHOCAS.

On grossit, ou plutôt on alourdit l'œuvre de Lucien d'un dialogue intitulé *Philopatris*, et qui intrigue fort les savants. C'est un petit morceau très curieux. Il n'est point de Lucien qu'on reconnaît immédiatement aux gemmes littéraires et aux clartés philosophiques. Ces deux qualités sont précisément ce qui manque à *Philopatris*. Mais il est de quelqu'un dont la mémoire est excellente. Ce quelqu'un, à défaut du style de Lucien, s'est approprié ses procédés de composition, en faisant intervenir des personnages qui émaillent leurs discours de vers pris à Homère ou aux tragiques grecs. Il n'est pas étonnant que Lucien ait eu des imitateurs : le succès en amène toujours, et Lucien fait, moins que personne, exception à cette règle.

Ce n'est pas dans le pastiche que réside l'intérêt de *Philopatris*, mais dans le mystère du sujet. On ne sait positivement ni à quelle nationalité, ni à quelle religion appartiennent les interlocuteurs; on ignore et le temps et la ville dans lesquels la scène se passe. Il y a donc là quantité de difficultés à résoudre, touchant à la philologie et à l'histoire. Jusqu'ici, elles ont irrité la curiosité sans la satisfaire.

J'oserai dire que la quantité d'érudits qu'elles ont passionnée est proportionnelle à l'intérêt et adéquate au mystère. La majorité rattache *Philopatris* au règne, d'ailleurs éphémère, de Julien l'Apostat, par conséquent au quatrième siècle de l'ère chrétienne. Les gouvernements et les régimes se sont succédé pendant plusieurs siècles, sans que la question ait été tranchée. Nous avons eu les Valois, les Bourbons, la République une et indivisible, le Directoire, l'Empire, les Cent-Jours, la Restauration, un second Empire et deux autres Républiques, sans que le monde savant se soit mis d'accord sur l'âge de *Philopatris*. L'adjonction des capacités et le suffrage universel, qui ont eu tant de part à l'évolution des esprits, ont été de nul effet quant à *Philopatris*. L'Affaire a passé et *Philopatris* demeure.

On était assez tranquille, on pouvait même s'occuper de tiares, lorsque tout à coup, par les fortes chaleurs du mois de juillet 1901, M. Salomon Reinach, avec toute l'autorité qui s'attache à la certitude, vint déclarer à l'Académie des Inscriptions et Belles-Lettres que *Philopatris* datait de Nicéphore II, surnommé Phocas, empereur d'Orient à la fin du x⁰ siècle. A part Saïtapharnès, il y a bien longtemps qu'un souverain de la vieille époque ne s'était trouvé à pareille fête. Il faut vraiment une occasion comme celle-là pour mettre Nicéphore II, surnommé Phocas, au premier rang de l'actualité.

L'affirmation de M. Salomon Reinach a ceci d'olympien qu'elle dédaigne toute preuve. Elle a le tranchant du glaive avec lequel Nicéphore II, surnommé Phocas, coupait la tête aux Sarrazins. On n'en est pas seulement ébranlé, on en est décollé. Je ne sais pas, en effet, si vous pouvez vous rendre un compte exact du choc produit, lorsqu'un homme croit *Philopatris* contemporain de Julien l'Apostat, et qu'il apprend subitement que ce morceau date de Nicéphore II, surnommé Phocas. La commotion est encore plus forte lorsqu'il le croit d'après le témoignage de plusieurs générations de savants. En apprenant qu'il a été trompé de six cents ans sur un point si capital, il se demande si, au lieu de se livrer à l'exégèse historique, il ne ferait pas mieux de travailler au crochet comme un soldat tunisien.

Mais n'influençons pas l'opinion.

« Le 26 juillet 1901 — je copie le compte rendu — M. Salomon Reinach lit un Mémoire étendu sur le dialogue intitulé *Philopatris*, c'est-à-dire le *Patriote*, qui nous est parvenu sous le nom de Lucien. Il montre que Hase a eu raison d'attribuer cet opuscule au x⁰ siècle, aux dernières années du règne de Nicéphore Phocas. Renan et presque tous les historiens ont eu tort d'y voir un pamphlet païen contre le christianisme et une dénonciation des moines, accusés de machinations contre la sécurité de l'Empire. A l'époque du *Philopatris*, il n'y a plus de païens à Constantinople, et l'auteur ne dit nullement que les traîtres, dont il dénonce les menées, soient des moines. En réalité, cet écrivain anonyme, humble sophiste, voulait faire sa cour à l'empereur Nicéphore, en affirmant son patriotisme byzantin sous ses deux aspects : spirituel et temporel. Défenseur de la religion, il combat les humanistes qui accordaient trop de crédit aux fables de la poésie grecque; défenseur de l'Empire, il stigmatise les prophètes de malheur qui sèment le découragement et la méfiance, pendant que l'empereur fait la guerre aux Sarrazins. Cet opuscule, sans valeur littéraire, est un document précieux pour l'histoire de l'opposition politique et pour celle de l'humanisme hellénique à Constantinople, deux grands sujets qui restent à traiter dans leur ensemble.

Cette communication donne lieu à un échange d'observations entre Mgr Duchesne, MM. Boissier, Croiset et Salomon Reinach. »

Donc, *Philopatris* date de Nicéphore II, dit Phocas, empereur d'Orient, de 963 à 969. M. Salomon Reinach l'a dit. Mgr Duchesne, MM. Boissier et Croiset ne s'y opposent pas autrement. Ceux qui tiennent pour Julien ne se trompent que de six cents ans. Que penser de ceux qui ont tenu pour Trajan ? Leur erreur est d'environ huit cent cinquante ans, ce qui, après tout, n'est pas énorme. Je ne parle pas de ceux qui, par hasard, tiendraient pour Carus ou pour Vérus ; prudents, ils ne se sont pas encore fait connaître. Espérons qu'ils sortiront de leur silence.

Je les y convie, mon rôle n'étant pas d'enseigner, mais d'apprendre. Nul n'y met plus de modestie et plus de soumission que moi. Villiers de l'Isle-Adam qui, s'il n'atteignit jamais le sublime dans le sérieux, le dépassa quelquefois dans la farce, avait imaginé une féerie qui répond absolument à mon état d'esprit tout de candeur et de foi. Le roi — ce n'était ni Saïtapharnès ni Phocas, — voyant venir à lui son confident, s'écriait : « Qu'y a-t-il ? » Le confident : « Sire, il y a en bas trente mille muets qui demandent à vous parler. » Le roi, après un peu de recueillement : « Sont-ils réellement muets ? — Ils le disent du moins, répliquait le confident.

Je suis comme ce roi et comme ce confident, je crois d'abord.

II

COMMENT « PHILOPATRIS » S'ÉTEND, CONDUIT ET COMPORTE.

Le titre du dialogue contesté est *Philopatris ou l'homme qui s'instruit*. On n'en peut pas tirer grand éclaircissement pour l'intelligence du texte, sinon que *Philopatris* veut dire ami de la patrie, si toutefois il ne signifie pas ami du Père dans le sens spirituel du mot. Ce patriote, c'est Triéphon, et l'homme qui s'instruit, ou plutôt cherche à s'instruire, c'est Critias. Voyons maintenant ce qui arrive à Critias et pourquoi il met à contribution la science de Triéphon. Critias n'est d'ailleurs point un ignorant : c'est un sceptique, assez peu sensible à l'enthousiasme des poètes et à l'élévation des philosophes. Il paraît en savoir aussi long que Triéphon, et pour tout dire, ce sont deux compères qui n'ont rien à s'envier. Ils dialoguent comme les héros de Platon et de Lucien, pour démontrer une proposition arrêtée d'avance dans l'esprit de l'auteur.

Ce sont des Grecs, mais d'espèce particulière, de ces Grecs d'Orient qui, après avoir rejeté l'Olympe, étaient arrivés à la conception d'un seul dieu sans passer par le judaïsme. Il y en avait beaucoup plus qu'on ne dit, surtout parmi les platoniciens. On a été bien heureux de les trouver plus tard, lorsqu'il s'est agi de donner une consistance philosophique au christianisme.

Critias est entré dans une Assemblée de gens extraordinaires, et il y a entendu des choses qui lui ont troublé le cerveau. Il a quelque peine à s'en remettre. Une aventure du même genre est arrivée à Triéphon quelque temps auparavant et elle a produit le même résultat dans ses idées. Il règne dans le début de leur conversation une obscurité qui serait admirable si elle était un effet de l'art, mais elle pourrait bien être due, comme on le verra plus tard, à des lacunes dans le texte. Quoi qu'il en soit, les voici disputant des dieux, et de critiques en critiques éliminant du ciel Jupiter lui-même.

— Quelle divinité veux-tu donc que j'atteste, demande alors Critias ?

Et Triéphon répond en vers, à la façon d'un oracle :

> Jure le Dieu puissant qui règne au haut des cieux ;
> Et le Fils et l'Esprit qui procède du Père.
> Un en Trois, Trois en Un : ineffable mystère !
> C'est le vrai Jupiter, il n'est point d'autres dieux.[1]

Critias raille un peu :

« Ah ! ah ! dit-il, tu veux m'enseigner à compter ? Tu prends l'arithmétique pour un serment, et tu calcules comme Nicomaque de Gérasa. Mais je ne comprends pas trop ce que signifie cet *Un en Trois et Trois en Un*. Veux-tu parler du quaternaire de Pythagore, du nombre *huit* ou de *trente ?* »

Triéphon :

« Silence !... Il ne s'agit pas ici de mesurer l'empreinte du pied d'une puce : je vais t'apprendre ce que c'est que l'univers, et quel est son système, quel être existait avant tous les autres. Sache que j'ai eu dernièrement la même aventure que toi. J'ai rencontré un Galiléen à tête chauve, à nez aquilin, qui avait monté jusqu'au troisième ciel où il avait

---

1. Ce dernier vers est tiré d'Euripide, *Fragments*.

appris les plus belles choses du monde. Il nous a renouvelés par l'eau, nous a rachetés de la demeure des impies, pour nous faire marcher sur les traces des bienheureux[1]. Si tu m'écoutes, je te rendrai véritablement homme. » Il expose alors la théorie de la genèse d'après la Bible, la création de la lumière par la seule parole de Dieu, comme l'a écrit Moïse[2], et celle de la terre et de l'homme. Il annonce le jugement dernier : « Ce Dieu du haut des cieux, voit les justes et les pervers, écrit leurs actions dans un livre, et, au jour qu'il a fixé, il rendra à chacun selon ses œuvres. » Il conjure donc Critias d'abjurer ses erreurs, et, docile cathéchumène — le mot y est — d'ouvrir son cœur à la persuasion, afin de vivre dans l'éternité. Critias s'étant déclaré converti, Triéphon le presse de dire ce qu'il a vu et entendu à la fameuse Assemblée dont il est sorti si bouleversé.

Et c'est ici la très rare et très précieuse peinture d'une secte qui n'est point nommée, mais dans laquelle on croit voir des chrétiens.

C'est le matin. Critias allant aux provisions, par la grande rue, rencontre une foule de gens qui se parlent tout bas, les lèvres collées à l'oreille de leurs voisins. Il regarde de tous côtés, porte la main en demi-cercle au-dessus de ses yeux pour voir s'il ne découvrira pas dans cette multitude une figure de connaissance, il aperçoit Craton le Censiteur, un de ces magistrats chargés de maintenir l'égalité dans les impôts par une juste répartition. Il s'approche, dit le bonjour à Craton, se mêle à la bande. Un vieillard toussotant dit : « C'est Lui qui abolira les impôts, qui remboursera les créanciers, qui paiera les loyers, acquittera les charges publiques. Il recevra les devins et les prophètes, sans s'informer de leur profession ». Un autre, en haillons, tête et pieds nus, dit : « Un homme assez mal vêtu, qui avait la tête rasée et qui arrivait des montagnes, m'a montré le nom de ce libérateur, gravé sur le théâtre en lettres hiéroglyphiques, ajoutant qu'il couvrirait d'or la voie publique ». Critias blâme Craton de prêter l'oreille à de pareilles folies, mais Craton lui propose de l'initier à des mystères dont l'accomplissement est prochain (dans le mois Mesori, dit-il, le mois d'août égyptien). Un de ces hommes déguenillés s'accroche à lui, roulant des yeux farouches, et l'entraîne à

---

1. Les commentateurs prétendent que le « Galiléen à la tête chauve » désignerait Saint-Paul, ce qui peut se soutenir par cette considération que par *Galiléens* on entendait les chrétiens. Comme ce n'est pas lui, mais Jésus-Christ qui nous a *renouvelés* et *rachetés*, je suppose qu'il y a une lacune entre les deux phrases. A moins cependant que Triéphon n'insinue qu'il a été baptisé dans un groupe par un Galiléen.

2. Qu'il appelle le Bègue. Moïse avait la langue épaisse, il le dit lui-même au ch. IV, verset 10 de l'*Exode*.

l'assemblée. Le voici à la porte. Il monte les degrés raides d'un escalier tournant, il pénètre dans un appartement dont la voûte est toute dorée, il aperçoit des hommes pâles dont la tête est tristement penchée. Mais à sa vue une joie bizarre éclate sur leurs visages, on l'entoure, on lui demande s'il apporte quelque fâcheuse nouvelle, car c'est leur état ordinaire de n'en désirer que de tristes, de ne se réjouir que des mauvaises.

Ils avancent la tête les uns vers les autres, se parlent tout bas, lui demandent ce qui se passe dans la ville, comme s'ils n'en étaient pas, et de la terre, comme s'ils n'y étaient plus. A son tour, Critias leur demande ce qui se passe dans le ciel, près duquel ils habitent, et des astres avec lesquels ils conversent. « Vénus et Mercure seront-ils en conjonction, et produiront-ils beaucoup d'hermaphrodites, dont la naissance vous cause tant de joie ? » Eux, suivant le cours de leurs pensées, disent que les affaires vont changer entièrement de face, que la ville sera troublée par les dissentions, les armées impériales vaincues par les ennemis. Et, en effet, ils ne songent qu'à détruire leur patrie, se berçant d'espérances impies et de prédictions bonnes pour les femmes. Critias ne peut contenir son indignation. Mais eux expliquent que ce sont là les vérités futures qu'ils voient tout éveillés dans des songes qu'ils se procurent en passant dix jours sans manger et autant de nuits à chanter des hymnes. « Et quand vos prédictions seraient véritables, s'écrie Critias, vous ne pourrez jamais découvrir l'avenir avec certitude! Dupes de vos visions, vous vous livrez à mille idées extravagantes, qui n'ont et n'auront jamais d'effet. Comment se peut-il que, sur la foi de vains songes, vous débitiez tant d'inepties, ne témoigniez que du mépris pour tout ce qu'il y a d'honnête et de beau ? Vous ne vous plaisez que dans les malheurs, sans tirer aucun fruit de cette aversion pour le bien. Renoncez, croyez-moi, à ces fantômes absurdes, créés par votre imagination, à ces projets détestables, à ces prédictions sinistres, de peur qu'un dieu ne vous fasse périr misérablement, pour punir les imprécations que vous formez contre votre patrie et les discours injurieux que vous répandez contre elle ». A ces mots, les reproches de ces malheureux éclatent, tels que Critias a de la peine à leur échapper. Il en est encore assourdi lorsqu'il rencontre Triéphon dans la rue. C'est alors qu'il lui conte son aventure.

— Laissons-là ces extravagants, dit Triéphon, commençons notre prière par le Père, et nous la terminerons par quelque hymne bien remplie d'épithètes... » Sur ces entrefaites, un troisième personnage arrive, tout essoufflé, qui apporte une grande nouvelle : les Perses sont vaincus, Suse est réduite, l'Arabie conquise. Pauvres tous deux, Critias et

Triéphon ne s'en réjouissent pas moins du succès des armes impériales.
— C'est bien ce que j'ai toujours dit ! s'exclame Critias :

> La vertu par les dieux n'est jamais méprisée,
> Et toujours leurs bienfaits couronnent ses travaux !

Critias est rassuré pour l'avenir de ses enfants : « Ce sera assez pour
eux que l'Empereur vive ! » s'écrie-t-il. Quant à Triéphon, l'héritage
qu'il leur laisse, c'est le plaisir de voir Babylone détruite, l'Egypte rangée
sous les lois impériales, l'orgueilleux Persan réduit à l'esclavage, les
excursions des Scythes réprimées et peut-être finies pour toujours. « Pour
nous, ajoute-t-il en manière de conclusion, qui avons trouvé le Dieu
inconnu aux Athéniens, adorons-le, les mains élevées vers le ciel, et ren-
dons-lui grâce de nous avoir trouvés dignes d'être les sujets d'un si
grand prince. Laissons les autres se plonger dans leur délire, et tenons-
nous en à ce proverbe : « *Hippoclyde en a peu de souci* ».

Voilà le thème de *Philopatris*. On peut se demander s'il nous est
arrivé complet et dans sa teneur primitive.

Malgré l'obscurité qui règne dans certaines de leurs paroles, il ne
semble pas possible de nier que des deux héros de *Philopatris* l'un,
Triéphon, ne soit un chrétien, et que l'autre, Critias, ne demande pas
mieux de le devenir.

Quant à l'auteur, c'est quelque rhéteur grec dont la fortune semble
attachée à celle de l'Empereur et qui, chrétien lui-même, plaide adroi-
tement la cause des chrétiens loyalistes, espèce peu commune dans les
premiers temps de l'Église.

Triéphon, sans être un grand docteur, a quelque teinte des Écritures,
d'après la version des Septante. Il cite Moïse, l'un des psaumes, le vingt-
troisième, où il est écrit que la parole de Dieu « affermit la terre sur les
eaux », et semble avoir quelque notion de l'Apocalypse. A sa théorie de
la justice céleste, Critias oppose le Destin qui règle à son gré les actions
humaines et dont tous les événements dépendent : « D'après cela, dit-il,
ô Triéphon, tu ne peux rien dire contre les Parques, quelle que soit la
sublimité de ton génie et de celle de ton maître (le Galiléen sans doute) ;
quoique tu sois initié aux plus profonds mystères ». Mais, loin de se
tenir pour battu, Triéphon lui objecte les contradictions et les men-
songes des oracles. Il lui conseille d'abandonner les rêveries des poètes
sur le Destin et par là de se ménager une place au livre céleste. Critias
qui ne serait point un protagoniste utile, s'il se rendait immédiatement,
fait observer qu'il faut beaucoup de scribes là-haut pour tenir de tels
registres, mais il finit par se laisser battre.

Si Triéphon n'est pas chrétien, on ne comprend rien à ce qui vient de se passer entre Critias et lui. Il s'est reconnu disciple d'un Galiléen, autrement dit chrétien. Critias a adhéré au dieu de Triéphon, il a juré « par le fils qui procède du père ». Triéphon le prie de parler « après en avoir reçu puissance de l'Esprit ». Voilà deux hommes d'accord sur la Trinité. Après cela comment admettre qu'ils se livrent contre des chrétiens à une sortie qui peut passer pour une dénonciation en règle ? Il faut absolument ou que ceux à qui ils en ont ne soient pas chrétiens ou qu'ils forment une secte odieuse à la conscience catholique, car ils font une très vilaine figure.

L'intention satirique se cache jusque dans le nom de ces personnages. Chleuocharme vient de *Kleuè* qui veut dire moquerie et même sarcasme, et de *Karma* qui signifie joie insolente ou maligne, telle, en un mot, qu'on peut l'attendre d'hommes qui se réjouissent du mal arrivé aux guerriers et des énigmes insolubles qu'ils lèguent aux savants. Le nom de Charicène semble avoir, lui aussi, des racines profondes dans la gaieté de mauvais aloi. Quant à celui de Craton le Censiteur, il exprime bien la puissance illimitée dont jouissent dans tous les pays les fonctionnaires préposés à la répartition des charges publiques.

D'où vient qu'avec le temps les opinions de l'auteur ont cessé d'être claires ?

III

DES CIRCONSECTEURS DE LUCIEN.

C'est l'attribution du dialogue à Lucien qui en aura été cause.

Au seul nom de Lucien, les ciseaux catholiques s'ouvraient et se refermaient d'eux-mêmes. On connaît cette pratique : c'est la circoncision des textes. Toute l'antiquité païenne contemporaine des premiers âges de l'Église nous est arrivée avec ces mutilations, quand elle n'a pas été supprimée tout à fait, brûlée ou noyée de main d'homme. Avant l'Inquisition des fanatiques, il y eut celle des imbéciles, l'Inquisition larvée, qui s'est surtout exercée contre les manuscrits. Sous l'étiquette de Lucien, *Philopatris* ne pouvait échapper, non plus qu'*Alexandre* et *Pérégrinus*. Vrai ou faux, le morceau passait pour être de Lucien, et il mettait des chrétiens en scène, ou plus justement une secte chrétienne qu'on livrait pour le moins à la risée publique. L'embarras était que, la censure s'exprimant par la bouche d'un chrétien raisonnable, Triéphon, tout le bloc semblait atteint. Je vois d'ici le texte de *Philopatris* dans les mains d'un moine comprenant le grec, mais non les nuances. Qu'est-ce

que cet interlocuteur qui apparaît chrétien et qui dénonce des coreli-
gionnaires? Faisons-en un païen qualifié, comme Critias au début, sa
haine des chrétiens s'expliquera mieux. Mais cela ne se conciliera pas
avec ses charges réitérées contre les dieux, avec son baptême surtout.
Tant pis, cela vaudra mieux tout de même. Et les ratures d'aller.

Au xvie siècle, les inquisiteurs, préoccupés de ce dialogue, en ont
renforcé la singularité par des coupures qui apparaissent dans l'édition
aldine. Je crois que ce pieux tripatouillage s'était exercé déjà sur les
manuscrits, et que la pensée de l'auteur nous est arrivée avec des avaries
nombreuses. Le travail a été fait par des maladroits qui ont trop enlevé
d'un côté et pas assez de l'autre. Ils nous ont transmis un dialogue, où
ils laissent planer sur les chrétiens tout entiers une accusation de lèse-
patrie qui ne pesait originairement que sur quelques-uns. Ils ont réussi
à nous égarer en soufflant sur la lumière; eux-mêmes n'ont pu retrouver
leur chemin.

L'histoire de *Philopatris* est celle d'*Alexandre* et de *Pérégrinus*. On
a manœuvré les ciseaux et pratiqué les entailles dans le récit, juste au
moment où il aurait eu le plus d'intérêt pour nous.

Cela est particulièrement visible dans *Pérégrinus*. On sait que Pérégrinus s'est publiquement brûlé aux jeux olympiques. Folie? Gageure?
Parodie héroïque? Il n'importe. Il avait été longtemps chrétien, puis
cynique, et finalement, comme il était à la recherche de la meilleure des
professions, se disait dieu. Dans sa jeunesse, il avait étranglé son père,
ce qui est aussi une façon de précipiter la fortune. Errant de contrée en
contrée (il était né à Parium, sur l'Hellespont, au-dessus de Lampsaque),
il s'était arrêté en Palestine. Ici, laissons la parole à Lucien : « Ce fut
vers ce temps, disait Lucien, qu'il apprit les secrets admirables de la religion des chrétiens, en s'associant, en Palestine, avec quelques-uns de
leurs prêtres et de leurs docteurs... »

A cet endroit, large entaille. Lucien parlait du Christ, donnait des
détails sur sa vie et les origines du culte : une bonne paire de ciseaux
n'était pas de trop. « Que vous dirai-je *de plus?* (*de plus* est admirable !)
Il leur fit bientôt voir qu'ils n'étaient que des enfants en comparaison de
lui. (On ne sait plus du tout de qui il s'agit, si c'est de Pérégrinus ou de
Jésus). Il était tout à la fois prophète, pontife et chef de leurs assemblées, jouait à lui seul tous les rôles, expliquait leurs livres, en composait
lui-même. Les chrétiens le regardèrent comme un dieu, en firent leur
législateur et lui donnèrent le titre de préfet. En conséquence, ils adorent
ce grand homme qui a été crucifié en Palestine, pour avoir introduit ce
nouveau culte dans le monde. » Un simple changement de sujet a suffi

pour jeter sur ces phrases, dont chaque mot devait porter, une irréparable confusion.

On a trop remarqué la bassesse du style dans *Philopatris*, pas assez l'incohérence des idées. Pour n'être pas de Lucien, le dialogue original en était sans doute plus digne. Le sujet était probablement mieux exposé, la discussion plus claire. Quant à la conclusion logique, c'était le baptême de Critias que Triéphon avait amené à renier successivement tous les dieux. Après toutes les concessions que Critias a faites, il ne lui reste plus qu'à se proclamer trinitaire comme Triéphon, car celui-ci est bel et bien un trinitaire. Qui sait de quelles tortures *Philopatris* a été la victime, lorsqu'il est tombé entre les mains de quelque caloyer ignorant, ou, ce qui est pis, à demi-savant? J'ai comme une idée que son voyage d'Orient et d'Occident lui a été fatal. La traversée de la Méditerranée est dangereuse pour un manuscrit qu'on attribue à Lucien.

IV

Où l'auteur de « Philopatris » est dit contemporain de Trajan.

Au milieu de toutes les hypothèses qui se combattent dans notre esprit et le laissant incertain, c'est une consolation de penser que l'accord s'est fait pour enlever *Philopatris* à Lucien. Cela ne nous débarrasse pourtant pas de ceux qui l'estiment antérieur au grand satirique. Triéphon, disent-ils, a été baptisé par un Galiléen; ce Galiléen est saint Paul, lequel a été mis à mort sous Néron. *Philopatris* ne peut donc être de Lucien qui vivait encore à la fin du second siècle. L'auteur est contemporain de Trajan.

L'hypothèse trajanesque est conforme aux apparences, et je l'ai longtemps caressée. Il n'y a pas de honte à avouer ces choses-là. J'étais bien un peu gêné par la présence de Nicomaque de Gérase; mais, en profitant habilement des opinions contradictoires qui circulent sur ce mathématicien, tout espoir de rattacher *Philopatris* à Trajan n'était pas perdu. En effet, à cent ans près, on n'est pas bien fixé sur la trajectoire animale de Nicomaque.

On a d'abord commencé par dire qu'il était antérieur à Platon, dans les cinq cents ans avant notre ère. En y regardant d'un peu plus près, on a découvert qu'il était postérieur à Thrasylle, le mathématicien célèbre sous Auguste. Les Thrasylles sont des figures amies, inséparables de Caprée et de Rome. Thrasylle, le maître de philosophie, le devin Thrasylle, les *Nombres* de Thrasylle, nous ne connaissons qu'eux. Tibère en avait amené un de Rhodes pour tirer des horoscopes, car personne ne les tirait mieux que ce Thrasylle. Thrasylle est de ceux qui passèrent par le petit chemin des astrologues de Tibère sans être jetés à l'eau, et c'est sa grande originalité. Point de Suétone, point de Tacite, point de Juvénal, sans quelque allusion à Thrasylle. Telle dame romaine refusera d'accompagner son époux à la ville ou aux champs, si les *Nombres* de Thrasylle le défendent. Et qu'il s'agisse de son fils ou de lui, car il eut un fils qui prédit l'Empire à Néron, comme lui-même l'avait autrefois prédit à Tibère, on est sûr au moins que le premier siècle de notre ère a vu la gloire et la fin des deux Thrasylle. Ainsi, que Nicomaque cite l'un ou l'autre, on pourrait en toute assurance les rattacher au même siècle, s'il ne nommait également Ptolémée qui est né au commencement du second. Oui, Nicomaque nous joue ce tour affreux de citer à la fois Thrasylle et Ptolémée ! Il nomme Ptolémée dans un passage du second livre de son *Manuel harmonique*. En sorte que le savant Meibomius, dans un moment de désespoir bien pardonnable, pense ou qu'un scoliaste sans âme aura glissé là le nom de Ptolémée, ou que le second livre lui-même est attribué faussement à Nicomaque. Et, en effet, il y a des doutes [1].

Obéissant à une voix intérieure, j'ai lu tout ce qui se rapporte à Nicomaque de Gérase. Pour un homme qui n'a laissé que de petits traités : l'un en deux livres sur l'arithmétique ; l'autre en un seul livre sur l'harmonie — il faut décidément écarter le second livre, et surtout le passage où il est question de Ptolémée — et des fragments épars, il n'a trop à se plaindre. Traduit en latin par Meibomius, en français par Ruelle, honoré d'une copieuse mention par Zeller, Nicomaque est entré dans la postérité.

Je ne lui reproche qu'une chose, c'est d'y être entré par l'escalier dérobé. Personne ne l'a vu passer, sinon peut-être Apulée. On a le droit de croire que Nicomaque a vécu sous Trajan, car Apulée, contemporain de Ptolémée, a donné une version latine de l'*Arithmétique* de Nicoma-

---

1. Le Père Blancani, jésuite, est celui qui a dit (*Chronologia celebrorum mathematicorum*) que Nicomaque était antérieur à Platon.

Le texte grec du *Manuel harmonique* de Nicomaque a été donné, pour la première fois, par Jean Meursius (Leyde, 1616, in-4°).

L'édition que Meibomius en a donnée, avec la traduction latine et des notes, est plus correcte. (*Collection des sept auteurs grecs sur la musique*, Amsterdam, 1652, in-8°.) L'authenticité du premier livre, composé de douze chapitres, n'est pas contestée ; mais il y a des doutes sur celle du second, qui semble composé d'extraits d'un autre traité du même auteur et de passages empruntés au premier. Nous n'avons pas le traité d'où ce second livre est extrait ; mais le mathématicien Eutoce d'Ascalon le cite avec éloges. On en trouve des fragments dans le commentaire de Porphyre sur le *Traité des harmoniques* de Ptolémée et dans la *Vie de Pythagore*, par Jamblique.

que. Pour mériter un tel honneur, il fallait qu'elle fût en grande vogue au temps d'Apulée qui, très probablement, la trouva en usage dans les écoles d'Athènes : « Dans Athènes, dit-il avec quelque suffisance, j'ai bu à bien des coupes : coupe mélangée de la poésie; claire, de la géométrie; douce, de la musique; un peu amère, de la dialectique; enfin celle de la philosophie universelle, coupe inépuisable et du plus doux nectar. » Or, on a établi par des synchronismes probants qu'Apulée, alors jeune homme de vingt-cinq ans, habitait encore Athènes en 138, après avoir étudié en divers pays. Il voyait Nicomaque dans toutes les mains comme un Barême, et dans celles des joueurs de lyre ou de cithare, comme un cours d'harmonie. Le *Traité de musique*, d'Apulée, sort de la même source : il est du Gérasien, qui sur ce chapitre avait emprunté à Thrasylle. Nicomaque, en tout cas, était pythagoricien, et pour la doctrine musicale, et pour les théories mathématiques. Nous voyons que *Philopatris* associe immédiatement le nom de Nicomaque à celui de Pythagore. Tel était aussi Thrasylle [1]; tels la plupart de ceux qui écrivaient à la fois sur la musique et les nombres, étroitement liés depuis le philosophe de Samos.

Si Nicomaque était à la mode sous Domitien, par exemple, et sous Trajan, ce qui paraît vraisemblable, rien ne s'oppose à ce que ce soit Trajan dont *Philopatris* célèbre les victoires. Triéphon et Critias loueraient dans Nicomaque un mathématicien bien en cour, comme avaient été les deux Thrasylle. La musique polissait en lui ce que l'arithmétique y avait pu mettre d'inélégant, et, sans aller jusqu'à en faire une page de musique, nous observons qu'il dédie son *Manuel harmonique* à une dame.

Dès lors que Nicomaque a pu vivre sous Trajan, toutes les concordances historiques de *Philopatris* sont en faveur de ce prince, et, sans offenser Nicéphore II, surnommé Phocas, on peut dire qu'à nul autre empereur l'épithète de « grand prince » ne convient mieux qu'à Trajan, car Nicéphore II, surnommé Phocas, n'a régné, et assez péniblement, que sur un Orient mal affermi, tandis que Trajan, empereur d'Occident et d'Orient, a étendu le vol de l'aigle romaine à presque tout l'espace connu des géographes. Je sais bien que la flatterie ne se soumet point aux nuances et qu'il se serait trouvé sous Nicéphore II, surnommé Phocas, cent rhéteurs grecs pour lui immoler Trajan. Encore faut-il que les opérations militaires de ce bon Nicéphore aient eu lieu dans les limites tracées par *Philopatris*. A quel moment Phocas est-il entré dans Suse? Voyons, Madame Dieulafoy, vous qui avez occupé la Susiane, y

1. On ne s'explique pas le silence de la *Biographie des Musiciens*, de Fétis, sur Thrasylle; elle est pourtant qualifiée d'universelle.

avez-vous trouvé quelque stèle de Phocas ? Monsieur Jean Lorrain, vous
dont l'ardente imagination recule toutes les frontières ou les supprime,
est-ce des lointains hypogées de là-bas que vous avez ramené Monsieur
de Phocas ? Non, si Nicéphore II, surnommé Phocas, avait pris Suse,
cela se saurait, comme on dit à Phocée.

V

Ou il est supposé contemporain de Marc-Aurèle.

J'avais l'œil fixé sur la colonne Trajane, et j'étais très tenté d'y voir
la consécration monumentale des victoires célébrées par *Philopatris*,
lorsque je fis des réflexions qui dénotent une certaine prudence. Ce
qu'il faut éviter dans les recherches comme en tout, c'est d'être à ce
point possédé de son idée, qu'on en arrive insensiblement à lui subor-
donner les événements. On trouve alors dans l'erreur des satisfactions
d'amour-propre que la vérité vous refuse, et l'on cède à la pente. Évi-
tons cette manière de charme et d'envoûtement. J'ai lu dix fois *Philopatris* dans l'idée qu'il était contemporain de Trajan, si je le relisais dix
autres fois dans l'idée qu'il lui est postérieur ?

Bien m'en prit, car quelques instants après je croisais en chemin ce
bon Artémidore d'Éphèse que cite *Philopatris*. Il me tendait son *Oneirocriticon*. Et, dans cette « Clef des Songes », Artémidore m'avouait
avoir écrit sous Antonin-le-Pieux. Dès le moment que *Philopatris* consulte Artémidore, c'est que l'*Oneirocriticon* a paru et que nous sommes
pour le moins sous Marc-Aurèle. Nous touchons à la fin du second
siècle. Adieu, Trajan ! Mais, en même temps, nous nous rapprochons de
Lucien, contemporain de Marc-Aurèle, et fonctionnaire en Égypte. Nous
brûlons.

VI

Ou l'on recherche la bienheureuse ville qui a vu naître « Philopatris ».

En effet, le problème n'est pas seulement de savoir sous quel empereur nous vivons, il est aussi de déterminer la ville où nous sommes.
Ceux qui tiennent que *Philopatris* date de Julien l'Apostat nomment
Antioche. Ceux qui tiennent qu'il date de Phocas nomment Constantinople. Qu'il me soit permis de poser la candidature d'Alexandrie, la
ville aux grands musées et aux belles bibliothèques, le Forum des grands

débats philosophiques et religieux sous les Antonins et leurs successeurs. Nulle part, même à Athènes, la gloire de Lucien n'était plus haute, et *Philopatris* imite Lucien jusqu'au plagiat, nous le verrons tout à l'heure. Nul centre plus propre au débit d'ouvrages traitant de mathématiques, de musique, de pythagorisme et d'interprétations onéirologiques comme sont ceux de Nicomaque et d'Artémidore. Et *Philopatris* cite Nicomaque, et il consulte Artémidore. Et tout ce monde, Lucien, Nicomaque, Artémidore, j'allais dire : l'auteur de *Philopatris*, tout ce monde vit ou fleurit au second siècle. Si Nicomaque ne pouvait plus faire le voyage d'Alexandrie, on peut être certain qu'Artémidore le fit, et cela paraît dans les exemples qu'il tire de l'Égypte au cinquième livre de l'*Onéirocriticon*. Quant à Lucien, il y était et les gens d'esprit ne juraient que par lui. Le sophiste qui a écrit *Philopatris* avait sous les yeux le modèle qu'il s'est proposé.

Nicomaque est également tout près de nous, car c'est du théologien bizarre que parle *Philopatris* et non de l'impeccable mathématicien, en disant que Triéphon « calcule comme Nicomaque. »

Philopatris n'entend nullement assimiler Nicomaque à Barème. Au contraire, il raille Triéphon qui semble s'inspirer des idées de Nicomaque sur l'arithmétique appliquée à la théologie, car, je préfère l'avouer tout de suite, Nicomaque avait saisi des rapports étroits entre les dix premiers nombres et l'origine ou les attributs des dieux. Je pourrais d'autant mieux vous assommer de notes là-dessus qu'il me suffirait de les copier. Sachez toutefois qu'au temps de *Philopatris*, l'*Arithmétique theologique* de Nicomaque était déjà considérée comme une intempérance d'imagination, et c'est en ce sens que Triéphon « calcule comme Nicomaque ». Le livre premier était consacré aux nombres 1, 2, 3, 4, et le second livre aux nombres 5, 6, 7, 8, 9 et 10. Nicomaque posait l'Un ou la Monade comme l'Être premier qui, en se dédoublant, fournit la Dyade, ce qu'il est difficile de contester. L'une de ces deux essences est l'Esprit ou Dieu, l'autre est la Matière. Il distinguait deux unités : l'unité première et l'unité engendrée, fille de l'autre. D'après lui, Dieu portait dans son sein, en germe, toutes les choses de la nature, et le modèle de ces choses, leur principe immédiat, c'était le nombre lui-même qui les précédait dans l'esprit de Dieu. Avez-vous compris ? Il n'importe. Ce que vous sentez comme moi, c'est le côté particulièrement éphémère de cette thèse. Elle était vouée à l'oubli dès son berceau et c'est miracle qu'on s'en occupât encore à la fin du siècle où elle était née.

Une réplique de Triéphon nous oriente encore vers le lieu de l'action.

Critias, plein des exécrables fadaises de l'assemblée, prévient Triéphon qu'il va les évacuer et le prie de s'éloigner pour ne pas être renversé par cet ouragan : « Grands dieux ! quel souffle, s'écrie Triéphon, il emporte tous les nuages ! Le Zéphyr, dans sa fureur, bouleversait tout à l'heure les flots ; mais tes soupirs ont réveillé Borée, ils l'ont excité contre la Propontide, et les vaisseaux voguent à présent à pleine voile sur le Pont-Euxin, tant les flots sont agités ». N'est-il pas naturel de supposer que nos deux amis ont précisément le port d'Alexandrie devant leurs yeux, à la base même du décor lointain d'où Triéphon tire sa comparaison et ses images ? Critias a déchaîné une telle tempête, en se dégonflant, qu'elle passe par-dessus la mer Icarienne et que les vaisseaux chassés de la Propontide envahissent le Pont-Euxin. « Fuis, dit Critias, de peur que l'Esprit ne t'enlève de terre aux yeux de toute la multitude et que, par une chute imprévue, tu n'ailles, comme Icare, donner ton nom à quelque mer nouvelle ». Il semble même que l'auteur de *Philopatris* ait débarqué depuis peu à Alexandrie, venant de la Crète, car il est hanté du souvenir de l'île.

Dans une autre réplique, Triéphon trahit un assez long séjour dans ces parages et fait allusion à un massacre de jeunes filles qui eut lieu en Crète comme s'il en avait été témoin. « Oh ! combien j'en sais qui ont été coupées en mille morceaux dans cette île. Si j'avais su, que de Gorgones j'aurais pu t'apporter de ce pays !... Mais puisque nous parlons de la Crète, je me souviens qu'on y montre le tombeau de ton Jupiter, et les vallées où sa mère fut nourrie, qui conservent en récompense une verdure éternelle ».

Plus loin il parle d'inscriptions faites en caractères hiéroglyphiques sur le théâtre de la ville qu'il habite avec Critias. Le mois d'août, qui est l'échéance des sinistres prédictions annoncées à la terre, est désigné par son nom égyptien de mois Mésori. Enfin la paix de l'Égypte à la suite des grandes agitations qui ont marqué les derniers temps est un des bienfaits attribués à la politique impériale.

C'est donc à l'Égypte de nous livrer le secret de *Philopatris*. En effet, pour rentrer dans le thème historique de ce mystérieux dialogue, il ne suffit pas que l'Empereur ait vaincu les Parthes, réduit les Arabes et contenu les Scythes, il faut aussi qu'il ait pacifié l'Égypte et qu'il l'ait ramenée sous ses lois. Cette dernière condition est essentielle, et celui qui la réalisera, sans préjudice des trois autres, est précisément l'homme que nous cherchons.

Voyons les empereurs qui ont mérité le titre de Parthique. Nous en avons quatre avant Julien : Trajan, Vérus, Septime-Sévère et Carus.

Il ne s'agit pas de Trajan, nous l'avons dit, mais rien ne s'oppose à ce
que ce soit Vérus, Septime-Sévère ou Carus, si, d'autre part, ils ne
s'écartent pas de la donnée. Eliminons ceux qui, comme Valérien et
Gordien, ont aussi guerroyé contre les Parthes : ils ont été trop mal ré-
compensés de leur audace. Mais nous pourrions retenir Alexandre Sévère : quoique l'épigraphie officielle ne lui reconnaisse pas le titre de
Parthique, aucun des autres princes ne le mérite mieux que lui.

VII

OÙ L'AUTEUR, NON SANS DE GRAVES INDICES, PENCHE POUR ALEXANDRIE.

Étant donné que l'Égypte a été réduite en province romaine sous
Auguste, à quels moments est-elle sortie du giron impérial et à quels
moments y est-elle rentrée? Constatons d'abord que l'émeute est à l'état
chronique dans Alexandrie. Paris ne vient qu'après elle, et cela prouve
que l'Égypte est le berceau de tous les arts. Quand Alexandrie bou-
geait, tout le reste suivait.

Or, Alexandrie, c'est le mouvement perpétuel, l'ébullition en perma-
nence, tantôt à cause des Juifs, tantôt à cause des Chrétiens, tantôt à
cause des indigènes, tantôt à cause des occupants. Elle ne chôme pas
sous les derniers Antonins : le pieux Antonin est obligé de faire campagne avant d'entrer victorieux dans la ville. *Philopatris* ne saurait
dater d'Antonin, mais à partir de Marc-Aurèle on a l'embarras du choix
entre tous les souverains qui se sont succédé. Sous Marc-Aurèle, Alexandrie avait proclamé Cassius ; elle proclama Pescennius Niger, sous Septime-Sévère.

Cassius, dans l'enivrement des victoires qu'il avait remportées sur
les Parthes, abandonna Marc-Aurèle et se fit proclamer empereur par
les légions de Syrie.

Marc-Aurèle, par le triomphe de Vérus était un Parthique, lui aussi,
il avait le droit de dire aux soldats : « Ce n'est pas Cassius qui a terminé
la guerre contre les Parthes, c'est vous. Vérus en a fait plus que lui. »

L'Égypte cependant se déclara pour Cassius. Il y jouissait du plus
grand prestige militaire, pour avoir sauvé Alexandrie des bandes d'Isidore qui dévastaient la campagne et assiégeaient les villes. A la dis-
tance où nous sommes des événements, cette révolte de Cassius nous
apparaît comme un tout petit point de l'histoire. Cassius, quoiqu'on lui
donnât du Marius et du Catilina, n'est point de ces hommes dont on

puisse causer en société sans le secours du dictionnaire. Pour le farouche Isidore, ce n'est point insulter ses mânes que de dire qu'il n'a pas laissé des traces bien lumineuses. Mais au regard du temps, c'était des personnages qui remuaient des intérêts énormes : l'Égypte, qui avait fait sa cause de celle de Cassius, était certainement travaillée par la peur des représailles. Ce fut, je pense, un grand soulagement lorsqu'elle vit Marc-Aurèle lui pardonner en philosophe, non comme à une coupable, mais comme à une égarée.

Philopatris pourrait donc viser Marc-Aurèle.

Les Scythes ne sont pas un obstacle, au contraire. Leur présence serait une preuve de plus qu'il s'agit de lui, car c'est de la Scythie d'Europe que parlerait *Philopatris*. On disait : « les affaires de Scythie », en parlant des opérations que conduisait l'Empereur en personne, et c'est à la suite d'une grande victoire remportée sur ces barbares qu'il fut proclamé imperator pour la dixième fois. « S'il avait vécu plus longtemps, dit Dion Cassius, il réduisait tout ce pays sous son obéissance. » Ainsi, du côté des Parthes et des Arabes, de la Scythie et de l'Égypte, il est en règle avec *Philopatris*.

Et pourtant je renonce à croire qu'il soit question de lui, d'abord par cette raison qu'à l'époque où il est vainqueur des Parthes, il est associé à Vérus et que *Philopatris* parle d'un seul empereur et non de deux ; ensuite, par cette autre raison que la campagne contre ces peuples étant antérieure de plusieurs années à la rébellion de l'Égypte, *Philopatris* ne peut célébrer la soumission de cette province avant que Cassius ne l'ait lui-même soulevée.

VIII

Ou il opine que « Philopatris » date de Septime-Sévère et pourquoi.

Tout bien pesé, c'est pour Septime-Sévère que j'opte définitivement. C'est à lui que s'adapte le mieux la situation de l'Empire, célébrée en termes si chaleureux par *Philopatris*. Le grammairien tombe dans toutes les illusions que nourrit la flatterie et qui la nourrissent. Les Arabes et les Scythes n'ont pas dit leur dernier mot, comme il se l'imagine ; mais ils sont, en apparence, domptés. Quant aux Parthes, ils ont subi des défaites autrement profondes que celles qui leur ont été infligées par Cassius et Vérus. Sévère a pris et pillé Séleucie et Babylone ; il a fait cent mille prisonniers à Ctésiphon, et, dans l'exagération ordinaire des nouvelles qui viennent de loin, on peut croire que Vologèse, « l'orgueilleux

Persan », est réduit en esclavage, comme le dit *Philopatris*. On ne connaît pas encore la résistance d'Atra, tache à peine visible sur le soleil impérial, et qui, d'ailleurs, ne le ternit pas.

Ce n'est pas qu'il faille accorder à *Philopatris* la valeur d'un instantané. Le morceau n'est point un de ces documents historiques qui portent explicitement leur date en eux-mêmes. Il n'a pas l'importance d'une chose vécue, au moins dans la première partie; mais on ne peut nier que la nouvelle de la prise de Babylone, colportée par Cléolaüs, comme elle le serait aujourd'hui par un crieur de journaux, ne soit une piste bonne à suivre jusqu'au bout. Elle vient à point fermer la bouche à tous les détracteurs de l'Empire. Elle est antérieure aux mesures que Sévère prit à la fois contre les juifs et contre les chrétiens. *Philopatris* est d'environ 198. L'Égypte n'a pas attendu la défaite des Parthes pour rentrer dans l'ordre; elle était édifiée déjà par celle de Niger. Alexandrie n'a plus qu'à se faire pardonner ses fautes.

Sévère est déjà une grande figure militaire. Il a terminé coup sur coup deux guerres civiles : celle de Pescennius Niger et celle d'Albinus. Il est vainqueur de tous les peuples nommés dans *Philopatris* : Arabes, Scythes et Parthes. Il est attendu dans Alexandrie, redoutable échéance pour les habitants qui naguère se sont rebellés en faveur de Niger. Le principat de Sévère n'est point tempéré par la philosophie comme celui de Marc-Aurèle; que va-t-il advenir? Comment seront traités les Alexandrins? Sévère, sans avoir l'ampleur d'un Marc-Aurèle, est un esprit curieux des lettres grecques, inquiet des mystères religieux que l'Égypte enfante naturellement et auxquels son sol prête l'infini de ses horizons. Que va-t-il faire? *Philopatris* est né de ces appréhensions. Voilà un grammairien qui, pour avoir donné des gages au christianisme, ne se soucie pas d'être confondu avec les énergumènes dont le parti de Niger s'était renforcé. Il sait que l'Empereur ne déléguera l'enquête à personne, et, en effet, « Sévère rechercha tout, jusqu'aux choses les plus cachées, car il n'y avait aucun mystère humain ou divin qu'il se résignât à ne pas scruter. Il enleva de tous les sanctuaires tous les livres de doctrine secrète qu'il y put découvrir. »

C'est ce sentiment que rend *Philopatris*, au nom des chrétiens politiques : sentiment très humain, dicté par l'instinct de conservation qui a guidé les premiers pas de l'Église et inspiré tous ceux de ses conseillers qui ne bâtissaient pas sur le martyre.

I X

DONT IL APPERT QUE LES INTERLOCUTEURS SONT CHRÉTIENS.

Philopatris porte essentiellement la marque des temps obscurs où le christianisme se cherchait lui-même, divisé en autant de sectes que d'églises. Triéphon n'est pas encore orthodoxe comme il le faudrait, sans quoi il serait plus affirmatif sur la résurrection. Il se rapproche plus des chrétiens dont Pline le jeune écrit à Trajan, dans une lettre à jamais fameuse, que de ceux dont parle Lucien dans *Pérégrinus*. Ceux-ci au moins « se croient immortels ». Triéphon est un néophyte frais débarqué du platonisme : Paul de Tarse en faisait de tels à Corinthe et à Ephèse.

Il semble que Triéphon ait entendu comme le discours que les *Actes des Apôtres* attribuent à Paul devant l'Aréopage, discours de rhéteur qui ne fut sans doute pas prononcé. Les Athéniens n'en étaient pas à un culte près, et, pour ne manquer de politesse envers aucun, ils avaient dressé des autels aux dieux inconnus. On en voyait de pareils sur le port de Phalère et en d'autres villes. Quoique la dédicace fût toujours au pluriel et jamais au singulier, Paul en tire un parti merveilleux : « Athéniens, dit-il, je vous vois en tout très religieux, car en passant et contemplant vos lieux saints, j'ai trouvé même un autel où il était écrit : « Au Dieu inconnu. » Ce que vous honorez sans le connaître, je vous l'annonce. Le Dieu qui a fait le monde et tout ce qu'il contient, ce Dieu, seigneur du ciel et de la terre, n'habite point dans les temples faits de mains humaines, pas plus qu'il n'est servi par des mains d'hommes comme s'il avait besoin de quelque chose, vu que c'est lui qui donne à tous vie, respiration et tout. Il a fait que d'un seul toutes les nations des hommes résident sur toute la face de la terre. Il a réglé les saisons et les bornes de leur habitation, afin que tous cherchassent Dieu, s'il leur était possible de le chercher à tâtons et peut-être de le trouver, bien qu'il ne soit pas loin d'un chacun de nous. » Voilà le Dieu de Triéphon; il va devenir celui de Critias. « Je te jure par le Dieu inconnu, adoré des Athéniens », a dit Critias au cours du dialogue. « Nous qui avons trouvé le Dieu inconnu aux Athéniens, adorons-le, les mains élevées vers le ciel », dit à la fin Triéphon. Et, en effet, dans l'intervalle des deux répliques, Critias s'est converti.

Il ne paraît pas que les discours de Triéphon soient un continuel per-siflage de la religion montante. Il est sérieux et convaincu quand il parle du baptême, du jugement final et de la divinité. S'il ne l'était point, sa démolition des dieux païens n'aurait plus aucun sens. C'est donc un Hellène chrétien qui amène à lui un gentil dans la personne de son ami Critias. Il s'appuie sur Lucien pour combattre l'Olympe, et sur saint Paul pour défendre Dieu.

C'est sous l'influence de saint Paul qu'il admet l'accession des Scythes au salut par l'intermédiaire du Christ. En dépit des interprètes modernes qui ont enlevé le nom du Christ dans la réplique, c'est bien lui qui est nommé. Critias vient demander à son ami si les actions des Scythes sont inscrites au livre de Dieu. En d'autres termes, c'est demander si les gentils peuvent être rachetés par leurs œuvres. Triéphon répond par la doctrine de la grâce, qui est de tradition purement paulinienne[1] : « Oui, tous, si par hasard le Christ est avec eux. » Je tiens pour cette version des vieux traducteurs. Les chrétiens qui ne reconnaissent pas le Christ dans Chrestos sont des ingrats. Tel La Harpe, qui ne l'a pas reconnu dans Chrestus. « Claude, dit-il dans sa traduction de Suétone, expulsa de Rome les Juifs, qui s'ameutaient à l'instigation d'un certain Chrestus ! » Un certain Chrestus ? Le malheureux, il n'a pas reconnu son Dieu ! Sacrifiez-vous donc pour sauver les hommes !

Les modernes traduisent Chrestos par homme vertueux, de sorte qu'ils font dire à Triéphon : « Oui, toutes, si toutefois il se trouve quelque homme vertueux parmi les nations. » Hé ! quoi, Triéphon en doute-t-il, et fait-il aux Scythes l'injure de croire qu'ils sont tous étrangers à l'honneur ? Lucien précisément en nomme d'admirables ! Saïtapharnès était un excellent Scythe, à en juger par l'inscription gravée sur sa tiare. Triéphon ne nie point qu'il n'y ait d'honnêtes Scythes, mais il appartient à une religion dans laquelle la vertu sans la foi ne peut rien pour le salut des hommes.

C'est ce que prêchait l'apôtre des gentils, et ce que Triéphon répète au païen Critias.

Je trouve, en outre, et toujours dans la bouche de Triéphon, une comparaison tirée de quelque évangile ou de quelque lettre de saint Paul, dont je conserve le souvenir vague :

« Lorsque tu t'es construit une maison, que tu y as conduit tes serviteurs et tes esclaves, tu connais toutes les actions de tes domestiques,

---

1. Πάντα, εἰ τύχοι γε Χρηστὸς καὶ ἐν ἔθνεσι, répond Triéphon. Les anciens interprètes avaient lu Chrestos avec une grande lettre. Tels Mycille, Huet, et, d'après eux, Reitz. D'Ablancourt a lu Christos. On disait indifféremment Christos ou Chrestos. Suétone disait Chrestus. Ceux-là se trompent, à mon sens, qui s'efforcent de traduire Χρηστὸς par le mot vulgaire. L'explication de la Genèse que Triéphon donne ensuite est remplie de termes empruntés aux écrivains sacrés.

jusqu'à la plus indifférente : combien, à plus forte raison, Dieu, qui a fait tout l'univers, ne connaîtra-t-il pas aisément la conduite et la pensée des humains ? »

Où Triéphon se révèle chrétien « catholique », c'est dans son affirmation très nette du dogme de la Trinité. Il est antijuif par là et antimonarchien. (On appelait monarchiens les chrétiens qui, à l'instar de Praxéas, tenaient jusqu'au schisme pour l'indivisible et indécomposable unité de Dieu.)

Quelles discussions s'élevèrent entre les tout premiers chrétiens, les Juifs et les philosophes au sujet de la Trinité, nous l'ignorons. Soyez certains, toutefois, qu'on reprocha aux chrétiens de manquer de logique en prêtant trois personnes à Iahveh. Ils rompaient ainsi l'unité de la divinité juive et paraissaient incliner vers le polythéisme, que précisément ils combattaient. Sans le juif Philon, ils ne se seraient pas facilement tirés d'affaire. Philon, qui était né trente ans avant Jésus et qui mourut quelque dix ans après, leur apporta une définition sur laquelle ils se jetèrent avidement, d'autant plus qu'elle ne s'éloignait pas de la Genèse et qu'elle anticipait sur la thèse chrétienne : « Le Logos, avait dit Philon, est *le premier-né de Dieu*, et la mère de tous les êtres, le le grand-prêtre de l'univers, *le conciliateur du fini et de l'infini, l'intercesseur entre le ciel et la terre.* » Puisque le Logos était le premier-né de Dieu, il ne restait plus, pour faire de Jésus le fils de Dieu, qu'à déclarer qu'il incarnait le Logos. *Et verbum caro factum est.* La fille de Philon ne fut pas muette. Elle bégaya dans Paul et parla d'abondance dans Jean [1].

Le dogme que confesse Triéphon ne peut être la Trinité canonique telle qu'elle est sortie des Conciles : mais c'est la Trinité du quatrième Évangile, la Trinité de Jean, soit que celui-ci l'ait fournie aux Judéo-Hellènes d'Alexandrie, disciples de Philon, soit qu'il l'ait prise d'eux. Je ne veux pas ajouter la moindre goutte aux tonneaux d'encre que cette question a fait verser : il s'ensuivrait une inondation où le lecteur serait infailliblement noyé. Je dirai seulement que, dès le second siècle et peut-être avant, la doctrine de la Trinité était faite : d'abord, l'identité du Père et du Fils, proclamée par Jean : « Moi et mon Père, nous sommes une seule chose... Qui me voit voit aussi mon Père... Ne croyez-vous pas que je suis en mon Père et que mon Père est en moi ?... Le Fils procède du Père... Quiconque nie le Fils ne reconnaît pas le Père ; qui

---

1. Paul, 1 aux Corinthiens, VIII. 6. Aux Hébreux I, 2, 3, 10. Jean, dans les premiers versets du quatrième Évangile.

confesse le Fils reconnaît aussi le Père... Ils sont trois qui rendent témoignage dans le ciel : le Père, la Parole (le *Logos*) et le Saint-Esprit; et ces trois sont une seule chose. Le Père aime le Fils et il a tout remis entre ses mains... Jésus répondit : « Moi, je suis la voie, la vérité et la vie. Personne ne vient à mon Père que par moi... Mon Père est plus grand que moi... La vie éternelle, c'est qu'ils vous connaissent, vous seul vrai Dieu, et celui que vous avez envoyé, Jésus-Christ. » Peu importe ici qu'il y ait un seul Jean ou qu'il y en ait deux, l'un pour le quatrième Évangile, l'autre pour les Épîtres et l'Apocalypse. Peu importe aussi que ces Jean, à supposer qu'ils soient plusieurs, se contredisent sur des points de détail. La notion de la Trinité, fondée et affermie sur la théorie des trois hypostases inventées par les néo-platoniciens d'Alexandrie, entra de fort bonne heure dans la théologie chrétienne : elle y était déjà sous Trajan, et, à ce point de vue, *Philopatris* pourrait dater de cette époque, si d'autres détails ne s'y opposaient. Les néophytes chrétiens disaient depuis de longues années déjà : « Je crois au Père, au Fils et au Saint-Esprit. » Il ne faut donc pas s'étonner de trouver la formule dans la bouche de Triéphon plus d'un siècle avant que le Concile de Nicée n'ait décrété la consubstantialité du Père et du Fils.

Un homme qui a été baptisé, qui croit à un seul Dieu en trois personnes, au jugement dernier, et qui défend ses opinions contre les plaisanteries païennes, je dis que celui-là est incontestablement chrétien, et je ne comprends pas qu'on s'y soit trompé.

X

RETOUR D'INCERTITUDES.

Quant à ceux dont il va dénoncer les crimes contre la patrie, il n'est nullement établi que ce soit des chrétiens, quoiqu'ils en retiennent les jeûnes, les hymnes et les assemblées nocturnes dans les chambres hautes, et que leur humeur les porte à souhaiter mille morts à l'Empire. Mais ni cette humeur, ni ces assemblées nocturnes, ni ces hymnes, ni ces jeûnes ne sont des traits particuliers aux chrétiens. Rien n'empêche absolument qu'il s'agisse des Juifs, qui souhaitaient, eux aussi, tous les malheurs imaginables à l'Empire et, si l'on en croit Tacite, au genre humain tout entier. La Judée, elle aussi, s'était déclarée pour Pescennius Niger, autant à cause de lui qu'à cause d'elle; car les Juifs caressaient toujours le vieux rêve du retour de l'indépendance nationale, par toutes les brèches que l'unité romaine se faisait à elle-même. Ils attendaient toujours le Messie guerrier, qui devait assurer leur triomphe sur tous les peuples de la terre, ils avaient cru déjà le voir plusieurs fois, la dernière dans Bar-Kokheba, sous Hadrien. Peut-être le voyaient-ils dans ce brigand vraiment original qui, après avoir tenté on ne sait quoi pour son compte en Palestine, se jeta au cou de Sévère et l'embrassa comme on embrasse un collègue, sans qu'on pût parvenir à l'arrêter. Sévère venait de châtier les Juifs assez rudement et il ruminait contre eux des édits qui qui ne les atteignaient pas moins que les chrétiens. Si ce sont eux que désigne *Philopatris*, les mauvais sentiments qu'ils nourrissaient contre l'Empire ne sont pas seulement de tradition, mais de circonstance.

On s'expliquerait alors certaine réplique de Triéphon qui porte une fois de plus la marque de saint Paul. Pour montrer l'aveuglement des sectaires, il emploie un tour d'idées familières à l'apôtre : « Que t'ont répondu ces gens rasés de cœur et d'esprit ? » demande-t-il à Critias. Or, combien de fois dans les *Épitres* de Paul n'avons-nous pas vu l'épithète d'incirconcis de cœur et d'esprit dirigée contre les Juifs. Elle revient à chaque moment dans le grand débat de la Circoncision qui agita les premiers temps du monde apostolique. La circoncision était comme un octroi placé par les judéo-chrétiens aux portes de la Jérusalem céleste ; on ne devait les passer qu'après avoir acquitté le droit que les Juifs prétendaient percevoir à l'entrée. Qui ne connaît les luttes que Paul eut à soutenir pour affranchir le monde païen de ce péage et pour faire passer les circoncis moraux avant les circoncis physiques ? C'est le souvenir de Paul qui nous aide à fixer l'opinion religieuse de Triéphon, par opposition avec celle des sectaires. Triéphon qui est baptisé a sans doute les cheveux ras, c'est un des signes du ralliement chrétien : mais ni son cœur ni son esprit ne sont rasés comme ceux de ces gens. Il y a toujours place en lui pour l'amour de la plus grande humanité.

Au surplus, il est bien vrai que la coutume de s'assembler à l'étage le plus haut de la maison datait de l'âge apostolique parmi les chrétiens. Après la mort de Jésus, les disciples se réunissent dans la chambre haute d'une maison de Jérusalem. A Joppé, Tabitha, que ressuscite saint Pierre, était déposée dans une chambre haute où les veuves se montraient les tuniques et les manteaux qu'en son vivant elle avait cousus pour elles. A Joppé encore, nous verrons Pierre monter, vers la sixième heure, au haut de la maison, comme dans un minaret, pour y faire sa prière : à la fois muezzin et marabout. Vous souvient-il également de saint Paul à Troas et du disciple qui, s'étant endormi pendant la veillée, tomba de la hauteur du troisième étage? Le plafond doré de *Philo-patris* est un luxe qui ne convenait pas à l'humilité chrétienne, mais elle ne choississait pas toujours son habitation. Où ai-je lu qu'à Alexandrie même, elle s'était logée dans une adrianée?

Loin de moi pourtant l'idée de transformer cette chambre haute en église. Et si par hasard ce n'est que l'observatoire de gens adonnés aux pratiques chaldéennes?

XI

DIGRESSION SUR LES ANDROGYNES.

Ainsi, l'auteur de *Philopatris* s'est plu à nous léguer des problèmes plus compliqués que ceux de *l'Apocalypse*. En voici d'autre sorte : « Vénus et Mercure seront-ils en conjonction, demande Critias à nos gens, et produiront-ils beaucoup d'hermaphrodites, dont la naissance vous cause tant de joie? » Qu'est-ce à dire? Qu'ils se réjouissent d'un phénomène de mauvais augure, comme le croyaient les païens, ou qu'au contraire ils s'en félicitent comme d'un présage heureux, comme le croyaient les Juifs et les judéo-chrétiens? Cruelle énigme! Je pense qu'il la faut entendre dans ce dernier sens.

La sainteté originelle des hermaphrodites est une opinion que les Juifs tiraient de la Genèse, et les chrétiens de l'Évangile. Opinion aussi ancienne que le chaos dont le Jéhovah et l'Élohim ont tiré l'être humain. On la trouve auprès des Indiens et des Chaldéens, dans les Védas et dans Bérose, auprès des Phéniciens, auprès des Grecs. Platon la met dans la bouche d'Aristophane.

Vous vous rappelez ce que dit la Genèse : Dieu profite du sommeil d'Adam pour lui arracher une côte, et mieux un côté, avec lequel il façonne la femme. Toute la tradition juive, jusqu'à Maïmonide, admet qu'Adam était à la fois mâle et femelle, et que c'est son côté femelle qui a été séparé de lui pendant qu'il dormait. Et c'est ce côté femelle que Dieu lui a présenté ensuite comme un être nouveau. Il en résulte que le véritable auteur du péché originel, c'est Dieu qui, au lieu de laisser l'homme tel qu'il était, lui a donné, en le séparant, l'éternelle tentation de se rejoindre. Jésus, si profondément imprégné de l'Ancien Testament, s'est bien gardé de le contredire sur la conformation physique du premier homme. Il s'en est même servi comme d'un argument en faveur du mariage indissoluble.

Les chrétiens ne pouvaient aller contre l'autorité du Seigneur, et

pour eux, comme pour les Juifs, le premier homme était androgyne.
Eusèbe de Césarée interprète le texte biblique exactement comme le
Seigneur : il connaissait le récit de Platon sur les androgynes primitifs,
d'une création antérieure à la nôtre, et concluait que Platon s'accorde
sur ce point avec les livres saints[1].

Ainsi, dans l'opinion des chrétiens du second siècle, à supposer que
Philopatris parle d'eux, un hermaphrodite était un type d'exception au
point de vue sacré, puisqu'il échappait au péché de la seconde création
et qu'il était la vivante image de ce tout parfait qu'il avait plu à Dieu de
séparer.

Il n'est pas surprenant que la naissance d'un tel être, originellement
pur, fût considérée par les Alexandrins comme un heureux auspice,
peut-être comme le gage d'un retour possible de l'humanité à sa forme
primitive, à la félicité édénique d'avant la déchéance.

XII

NOUVELLES OSCILLATIONS AU SOUFFLE DE L'ESPRIT.

Mais la question des androgynes ne résout en rien celle de savoir
à quelle sorte de gens s'adresse Critias.

Qui a décidé que ce sont des chrétiens et non des Juifs ? Et qu'y a-t-il
d'étonnant à ce qu'il s'agisse précisément de ceux-ci ? Est-ce que la guerre
n'était pas déclarée entre l'Église et la Synagogue ? Est-ce que, sourde
d'abord dans le dialogue d'Ariston de Pella : *Dispute de Jason et de
Papiskos sur le Christ*, et je ne parle ici que des dialogues, elle ne s'était
pas accentuée dans celui de Justin : *Dialogue avec Tryphon ?* Est-ce
qu'Origène et Tertullien ne se préparent pas à combattre les Juifs ? Est-
ce que Tertullien, pour nous en tenir à ce contemporain de *Philopatris*,
— Origène était encore bien jeune — ne va pas, au lendemain des édits
de Sévère contre les chrétiens, crier tout haut que les synagogues sont
les foyers de dénonciation où s'allume la rage du proscripteur ?

---

1. Voir Fr. Lenormant, *les Origines de l'Histoire d'après la Bible*. (1880, in-12.)
Après Eusèbe (*Præparatio evangelica*, XII, p. 535), plusieurs théologiens ont soutenu et développé la même interprétation, entre autres Augustin Steuco, de Gubbio,
préfet de la Bibliothèque vaticane, choisi par Paul III comme un de ses théologiens
au Concile de Trente (*Cosmopoeia vel de mundano opificio*, in-fol., Lyon, 1535,
p. 154-156), et le P. Francesco Giorgi, de l'ordre des Frères mineurs (*In Scripturam
sacram et philosophiam tria millia problemata*, L. I, *Sectio de Mundi fabricâ*, probl.
29, Paris, 1522, in-4°, p. 5).

En revanche, qui a décidé qu'il s'agissait de Juifs et non de chrétiens ? Est-ce que les chrétiens ne s'étaient pas divisés en sectes dont chacune était hérétique pour la voisine, et les sectes elles-mêmes en communautés dont chacune était une ennemie pour l'autre ? Est-ce qu'ils ne s'accusaient pas des pires forfaits, et ne sommes-nous pas précisément dans cette ville d'Alexandrie où en une nuit les factions religieuses sortait du pavé tout armées ? Alexandrie n'est-elle pas la métropole de l'hérésie ? Où fleurissent donc les Basilide, les Carpocrate, les Valentin et les Apelles ? Triéphon ne céderait-il pas, disciple fougueux des Irénée, des Clément ou des Démétrius, au mouvement d'excommunication mutuelle qui emportait les sectes ?

Sommes-nous chez des Chaldéens ou des Égyptiens tombés dans ce valentinianisme que Tertullien compare à une de ces immenses auberges « où s'entassent étages sur étages, où d'innombrables escaliers mènent à des logements distincts, où chacun des êtres divins a sa chambre et où Dieu, qui domine tout, loge sous les toits ? » Sommes-nous chez ces illuminés dont Montanus avait troublé les cervelles en déchaînant sur eux le vent furieux des prophéties ?

Montanus et ses prophétesses regardaient de très haut la terre et les hommes, se hissaient jusqu'à Dieu par le jeûne et l'extase, ne vivaient que du souffle de l'Esprit. Ils se sont merveilleusement définis en s'appelant les Pneumatiques ; si on les eût laissé faire, le christianisme fût mort paradoxalement, à la fois privé d'air respirable et renversé par les cyclones de l'Esprit. Rappelez-vous le pitoyable état dans lequel Critias sort de l'assemblée.

Ceux qu'il vient de quitter sont entièrement sous la domination de l'Esprit : ils sont comme gonflés de vent et de billevesées. Lui-même en est rempli comme l'outre des tempêtes ; et, en effet, son souffle, luttant de puissance avec Borée, va soulever la Méditerranée jusqu'à la Propontide et chasser les vaisseaux jusque dans le Pont-Euxin : « Éloigne-toi, dit-il à Triéphon qui s'inquiète de cette performance, éloigne-toi de moi de plus d'un arpent. Fuis, de peur que l'Esprit ne t'enlève de terre aux yeux de la multitude, et que, par une chute imprévue, tu n'ailles, comme Icare, donner ton nom à quelque mer nouvelle !... » Rien qu'à l'entendre, Triéphon en est malade. Ce sont des ah ! des fi ! des eh ! à n'en plus finir, des plaisanteries grosses, mais expressives, sur le pouvoir de propulsion que Critias a rapporté de l'assemblée des Pneumatiques. C'est une île dont les habitants ne vivent que de vent : nous en avons une semblable dans *Pantagruel*. « Parle, dit encore Triéphon à Critias, après en avoir reçu la puissance de l'Esprit. » Cette particularité peut servir à orienter nos recherches : les gens dont parle Critias n'ont point de culte solide, ils vivent dans l'air-esprit. Aristophane fait monter Socrate dans les nuées par une machine de théâtre, mais c'est Aristophane et c'est Socrate. Dans *Philopatris*, ce sont des visionnaires malades de pessimisme et d'envie. L'auteur ne dit point le dieu qu'ils révèrent ni le culte qu'ils rendent. Il ne conteste pas l'austérité de leurs mœurs, et chez les Montanistes elle était portée aux dernières limites de l'ascétisme. Aucune secte ne poussait plus avant les privations et les jeûnes : ce n'est pas de la chair nue, c'est un squelette que cachait le manteau de Chleuocharme. A ses yeux, les chrétiens comme Triéphon étaient des hérétiques, et le pape ne valait pas mieux.

Les premières années du règne de Sévère furent le beau temps du montanisme : nous sommes dans ces années-là, mais sommes-nous chez des montanistes ? Si l'Esprit vous répond, vous le direz, car je ne vois que lui qui puisse nous tirer de là. Est-ce lui qui me souffle ce dernier argument ? Les catholiques du temps de Sévère, déjà hiérarchisés, avec un pape et des évêques, ne se réunissaient plus sous les toits ; mais les montanistes, qui puisaient leurs inspirations à la pure source apostolique, étaient sans doute retournés là-haut, dans les frises, loin des bruits de la scène, plus près des étoiles, de l'apothéose finale.

Il se peut encore qu'il ne s'agisse ni de chrétiens, ni de juifs, mais d'une secte égytienne attendant, elle aussi, son Messie national. L'aurore de ce Messie — peut-être avait-on attendu cela d'Isidore — devait être à la fois fiscale et mécénatique. « Il abolira les impôts, remboursera les créanciers, paiera les loyers, acquittera les charges publiques, recevra les devins et les prophètes sans s'informer de leur profession, enfin il couvrira d'or la voie publique. » Si tel était le programme que Niger avait annoncé aux Alexandrins, on comprend qu'ils aient inscrit sur leurs murailles : « Cette ville est à Pescennius Niger. » Mais est-ce bien le nom de « ce libérateur » que l'homme à tête rase arrivé des montagnes a lu, hiéroglyphiquement écrit, sur le théâtre ? Je n'en voudrais pas mettre la main au feu. Ce que je crois fermement, en revanche, c'est qu'il ne s'agit pas de l'Ἰχθύς symbolique par lequel on pouvait hiéroglyphiquement écrire le nom de Jésus-Christ. Les chrétiens n'attendaient rien de fiscal de la venue du Sauveur. Il eût bien supprimé les impôts, mais en supprimant les contribuables ; il eût remboursé les dettes et payé les loyers, mais en supprimant du même coup les débiteurs et les créanciers, les locataires et les propriétaires. Et puis, il n'avait jamais promis de couvrir d'or la voie publique : largesse inutile, puisqu'il eût supprimé les passants.

5

Je ne connais pas de chrétiens qui aient nourri de pareilles illusions et qui se soient préoccupés de l'impôt à payer sur terre le lendemain de leur entrée dans la vie céleste. Il y a incompatibilité absolue entre leurs espérances religieuses et l'idéal politique des gens de *Philopatris*. Mais la superstition affecte selon le climat des formes si extraordinaires !

XIII

LE PILON RÉVÉLATEUR.

En bon disciple de Lucien, l'auteur de *Philopatris* se porte contre l'industrie des charlatans et des magiciens, cette fabrique de mensonge qui couvrait la terre de ses produits. Il ne peut le faire avec l'adresse hardie de son maître, modèle presque parfait de la raison jointe à la verve ; mais c'est beaucoup qu'impuissant à l'imiter, il le copie. « Je crains, dit ironiquement Triéphon, qu'il n'y ait quelque charme magique dans ce que tu viens d'entendre et que, par un effet de ton délire extrême, je ne sois tout à coup changé en un pilon, en une porte, enfin en quelque être insensible. » Ce pilon... cette porte... je me disais, lisant cela, que je l'avais déjà vu quelque part et je cherchai d'abord dans Apulée : le pilon et la porte étaient dans Lucien même. C'est *le Menteur d'inclination ou l'Incrédule* qui les fournit à *Philopatris*.

Qui ne se souvient de ce dialogue où Lucien, sous le nom de Tychiade, remue avec son bâton de philosophe le fond de la crédulité humaine. La croyance aux prodiges les plus absurdes était si générale en son temps, qu'à les nier on passait pour un sot. Les gens les plus instruits, surtout les pythagoriciens, étaient atteints de cette maladie. Sans folie ni imposture, des philosophes qui avaient accompli la soixantaine et portaient quarante ans de barbe disaient et croyaient des choses qui eussent fait reculer une nourrice. Eucrate, un de ceux-là, conte sérieusement, dans une réunion de gens sensés, qu'étant en Égypte où son père l'avait envoyé pour étudier les sciences, et remontant le Nil jusqu'à Coptos, il rencontra dans ce voyage un des grammairiens sacrés de Memphis, homme admirable par son savoir, versé dans toute la doctrine des Égyptiens, et initié par Isis à tous les mystères de la magie. « C'est Pancratès, interrompt Arignotus le pythagoricien, c'est mon maître, un homme divin, rasé, habillé de lin, ayant l'air réfléchi, parlant très purement le grec. Sa taille est grande, son nez camus ; il a les lèvres saillantes, la jambe sèche. » Émerveillé des prodiges que Pancratès accomplit dans tous les ports où on relâche, Eucrate s'insinue dans ses bonnes grâces et devient son ami. Pancratès l'ayant initié à tous ses secrets, le pria de laisser ses esclaves à Memphis, protestant qu'avec lui il n'en aurait pas besoin. Et, en effet, chaque fois qu'on arrivait dans une hôtellerie, Pancratès prenait la barre de la porte, un balai ou bien un pilon, lui passait un habit, prononçait sur lui une formule magique, et le morceau de bois, que tout le monde prenait pour un domestique, allait, venait, puisait de l'eau, rangeait les meubles, préparait à manger, faisait le service avec une incomparable dextérité. Quand il avait fini, par une autre formule d'enchantement, Pancratès le rendait à son premier état de barre, s'il avait été barre, de balai, s'il avait été balai, de pilon, s'il avait été pilon. Eucrate aux aguets surprend le secret de la formule et, un jour que Pancratès était allé en ville pour ses affaires, il prend à son tour un pilon, l'habille et lui donne l'ordre d'apporter de l'eau. Quand cet esclave magique eut rempli les amphores : « Arrête-toi, c'est assez », lui dit Eucrate, mais il n'obéissait point, et à force d'apporter de l'eau il allait inonder la maison. Eucrate, fort ennuyé, craignant qu'à son retour Pancratès ne se fâchât, prend une hache et coupe le pilon en deux. Les deux moitiés du pilon vont au puits avec des amphores, et les rapportent pleines d'eau comme devant; au lieu d'un domestique, Eucrate en avait deux ! Heureusement Pancratès rentra et, comprenant ce qui s'était passé, ramena les deux moitiés du pilon à leur état primitif. Bientôt il disparut et Eucrate ne le revit plus. A cet étrange récit, personne ne bronche dans la compagnie. Seul Dinomaque : « Tu sais donc encore faire un homme d'un pilon ? — Certainement, répond l'autre, du moins par moitié, car je ne pourrais pas le rappeler à sa forme entière, et si j'en faisais un porteur d'eau, je risquerais de voir ma maison inondée. »

Voilà le pilon de *Philopatris*. Et de même qu'Eucrate, imitateur maladroit de Pancratès, ne pouvait rendre un pilon à sa forme première, de même l'auteur de *Philopatris*, plagiaire inférieur de Lucien, n'eût pu produire l'esprit de son modèle. Et pourtant avec quelle servilité il s'y applique ! « N'insiste pas davantage sur de telles sottises, dit encore Triéphon, vois comme mon ventre est déjà gonflé; il est gros comme celui d'une femme enceinte. Tes discours ont agi sur moi comme la morsure d'un chien enragé; et, si je ne prends quelque potion qui me fasse oublier mon mal et ne me rappelle en mon bon sens, je vais tomber dans quelque maladie fâcheuse. Mais laissons-là ces extravagances. » Là encore l'auteur de *Philopatris* a Lucien sous les yeux, et, rapprochement curieux, c'est au même morceau, au *Menteur d'inclination* qu'il emprunte. « Voilà, dit Tychiade, ce que je viens d'entendre chez Eucrate.

Par Jupiter! je me sens l'estomac surchargé, et comme ceux qui ont bu du vin doux, j'ai besoin de vomir; j'achèterais volontiers à grand prix un médicament qui eût la vertu de me faire oublier tout ce que j'ai entendu; car je crains que le souvenir de ces prodiges, s'il reste un peu de temps dans mon esprit, ne me cause à la fin quelque fâcheuse maladie. — C'est aussi le fruit que j'ai retiré de ta narration, ajoute Philoclès; ceux qui sont mordus par des chiens enragés ne sont pas, dit-on, les seuls qui enragent; si celui qui a été mordu mord quelqu'un à son tour, cette morsure a le même effet que celle du chien et produit les mêmes frayeurs. »

Tout ce qui est de la vanité des fables poétiques est également pris à Lucien : ainsi l'histoire de la Gorgone aux *Dialogues des dieux marins* et à *Hermotime*. Triéphon vient de dire à Critias qu'il aurait pu lui rapporter de Crète une foule de Gorgones : « Mais, dit Critias, tu ignorais les enchantements et les cérémonies nécessaires pour faire des Gorgones. » Et Triéphon : « Si les enchantements, ô Critias, pouvaient opérer de tels miracles, ne les emploierait-on pas à évoquer les morts, et à les rappeler à la douce lumière du jour ? Va, tout cela n'est que folie, contes puérils et fables ridicules, accrédités par les récits merveilleux des poètes. » *Hermotime* avait dit : « Ce que tu faisais tout à l'heure, les pensées auxquelles tu te livrais ne diffèrent en rien des Hippocentaures, des Chimères, des Gorgones et de toutes les extravagances qu'emportent les songes et qu'imaginent les poètes et les peintres libres dans leurs fictions, mais dont il n'a jamais rien existé, ou dont l'existence est même impossible. » Quand *Philopatris* parle des dieux et des oracles, c'est encore Lucien qu'il plagie. Si vous en doutez, prenez Lucien dans les *Sacrifices* ou dans la *Conversation avec Hesiode* et comparez, vous sentirez d'un coup et toute l'imitation et toute la différence.

Si donc *Philopatris* n'est pas de Lucien, il est tellement plein de lui qu'il en déborde. De tous les morceaux dont on grossit son œuvre, celui-là me semble le plus près de son époque, et s'il n'est pas absolument contemporain, il ne s'en faut guère. S'étonnera-t-on qu'un chrétien fasse ses délices d'un écrivain si notoirement hostile à la religion nouvelle ? Ce serait mal connaître les besoins du temps. Lucien, maître absolu dans le dialogue, était le meilleur exemple de la puissance expansive du genre.

XIV

DE LUCIEN, DE NICOMAQUE ET D'ARTÉMIDORE CONSTITUÉS ARBITRES.

Dans ses hautes fantaisies philosophiques, les dieux courroucés font un crime à Lucien d'avoir corrompu le Dialogue, autrefois leur ami, et de l'avoir insolemment tourné contre eux. Le Dialogue selon Lucien est une forme détournée de la Comédie, un théâtre d'appartement, qui fait rire les gens chez eux, sans acteurs et sans décors, et qui épouse toutes les courbes de la pensée. Aristophane, comme s'il avait prévu cette concurrence redoutable, l'avait autrefois ridiculisé dans sa forme grave en la personne de Socrate, mesurant scrupuleusement le saut d'une puce. Mais Lucien était venu qui l'avait armé en satire et lui avait donné des griffes que sentaient les comiques eux-mêmes. Ce genre devait plaire aux premiers avocats de la cause chrétienne, ennemis du théâtre où l'on riait publiquement d'eux, amis nés du dialogue où ils pouvaient rire anonymement des autres. Autre supériorité : le dialogue permettait une chose toujours odieuse aux spectateurs, la démonstration.

Vers le même temps, qui sait? la même année peut-être, trois hommes qui, eux aussi, venaient d'apprendre la défaite des Parthes, se promenaient sur la plage d'Ostie, par une belle journée d'automne et ils interrogeaient l'avenir semblable aux flots changeants que la mer roulait à leurs pieds. Comme les promeneurs grecs d'Alexandrie, ces trois citoyens romains s'essayaient à un parallèle entre la religion usée et la religion neuve. Le Critias d'Ostie, c'était Cecilius Natalis ; le Triéphon, Octavius Januarius. Pour donner à leurs discours le mouvement et la vie, Minutius Félix, qui était en tiers dans la promenade, en tirait ce *Philopatris* latin qui s'appelle *Octavius* et dont la trame littéraire, malgré l'empois de la rhétorique cicéronienne, conserve encore de la souplesse et du charme. Tout en gardant à son style et à ses développements les habitudes du barreau, Minutius Félix a vu nettement dans la forme dialoguée un véhicule plus moderne pour la propagande des idées chrétiennes. Mais, chose extrêmement remarquable, il est encore plus prudent ou, si l'on veut, plus discret que l'auteur de *Philopatris* en ce qui touche le dogme : ce chrétien, et on ne peut douter qu'il le soit, ne nomme ni le Christ, ni la Trinité, ni le baptême, qui semblent appartenir au mystère. Encore plus que *Philopatris*, *Octavius* est un balbutiement.

Ainsi, ce qui date *Philopatris* et ce qui le situe, comme on dit dans la belle langue d'aujourd'hui, c'est la flagrance de l'imitation de Lucien. Considérez-le bien et le rapprochez des citations d'Artémidore et de Nicomaque, vous avez, je crois, la date de la composition. Voici trois personnages en pleine vogue à la fin du second siècle : Lucien dont l'influence est immense dans les milieux philosophiques et dans la société impériale d'Égypte, Nicomaque et Artémidore dont la renommée est à son zénith dans les écoles d'Alexandrie. C'est dans l'ombre immédiatement portée par ces gloires qu'écrit l'auteur de *Philopatris*. Nous ne sommes ni à Antioche sous Julien, ni surtout à Byzance sous Phocas, nous sommes à Alexandrie, dans la patrie administrative de Lucien et sous les souverains qu'il a servis [1].

Les gens qu'on a pris pour des païens sont des chrétiens ; ceux qu'on a pris pour des chrétiens catholiques sont des hérétiques, des juifs ou des nationalistes égyptiens. A part cela, il est manifeste que la terre continue à tourner.

XV

Pourquoi Julien l'apostat ne peut s'asseoir au banquet de l'hypothèse.

Au banquet de l'hypothèse une place est réclamée par Julien. Cet empereur nous est chaudement recommandé ; il a pour lui le patronage puissant de l'érudition allemande. Son dernier historien, un Français, M. Allard — on comprend très bien qu'il n'ait pu s'attarder à des discussions aussi épineuses sur un point accessoire — incline du côté des Allemands, sans chercher cependant à faire pencher la balance.

Pour ceux qui tiennent que *Philopatris* date de Julien, la scène est à Antioche.

C'est d'Antioche, en effet, que Julien part pour marcher contre les Perses, après un séjour de plusieurs mois au milieu des philosophes et des rhéteurs, et c'est là, dans cette ville anxieuse et partagée, qu'arrive la nouvelle de ses premiers succès. Cela peut se soutenir. Il est à noter,

---

1. Dodwell a vu juste, qui a des premiers prononcé le nom de Sévère. Il ne s'est pas trompé de beaucoup en donnant à *Philopatris* la date de 202. Nous ne le suivrons pas plus loin. Selon lui, Lucien aurait préludé par cet écrit à la persécution que Sévère décréta contre les juifs et les chrétiens. Dodwell s'est furieusement démenti plus tard. D'après lui, ce que *Philopatris* dit des Perses ne peut s'entendre que de la victoire remportée par Odenat en 311 ! D'autres ont nommé Dioclétien, d'autres Aurélien, tous ne songeant qu'à la Perse, aucun à l'Égypte.

toutefois, que l'Empereur, mécontent des habitants d'Antioche, encore moins à cause de leur humeur que de leur immoralité, avait annoncé qu'il ne reviendrait pas chez eux après la victoire et qu'il irait à Tarse, où il trouverait une ville plus conforme à ses mœurs austères. Avant de les quitter, comme pour se familiariser avec la tactique des armées qu'il allait combattre, il leur avait décoché la flèche du *Misopogon*, et cela les démangeait. Il avait donc laissé derrière lui une ville très divisée à son endroit. Mais elle n'était pas la seule. C'était le cas de toutes celles qu'il traversa ensuite : Litarbe, Bérée, Batné, Hiérapolis, Carrhes, Callinicum, Circesium et Dura, en avant de l'Euphrate. On a le choix entre beaucoup, surtout si l'on suppose que les acteurs de *Philopatris* font partie de la troupe de sophistes qui voyageaient avec les bagages.

L'expédition de Perse fut loin d'avoir les résultats décisifs que célèbre *Philopatris*. Julien remporta bien une victoire devant Ctésiphon ; mais il ne put entrer dans la ville comme Trajan, Cassius et Septime-Sévère. Il battit la campagne encore plus que les Perses. Je sais bien que les courtisans entreprennent volontiers contre l'histoire, et que, dans le désir de plaire à un prince, ils en arrivent parfois à nier les défaites ou à les transformer en triomphes. Il n'y aurait donc rien d'étonnant à ce que l'auteur inconnu de *Philopatris* se fût exagéré à lui-même la portée des premières rencontres entre les Parthes et l'armée romaine. Les nouvelles de la guerre étaient bonnes ; nous en avons la preuve par Libanius, qui, dès le début des hostilités, compte six mille Perses tués là où il y en avait un peu plus du tiers. Elles furent meilleures encore, lorsque parvint à Antioche celle de la jonction des deux armées formées pour la conquête, et, quoique fausse, elle n'en produisit pas moins d'effet. « Bientôt, avait dit Libanius, notre armée soupera dans Suse, et les Perses captifs verseront à boire à nos soldats. » Julien se croyait l'âme d'Alexandre et parlait d'aller jusqu'aux fleuves de l'Inde. Mais reviendrait-il vivant ? C'était la grande question. Les oracles n'étaient pas d'accord avec les espérances de Libanius ; au contraire, les vœux des chrétiens concordaient avec les oracles.

Un chrétien, pédagogue à Antioche, rencontre un jour Libanius : « Que fait maintenant le fils du charpentier ? » demande ironiquement le sophiste. Et le pédagogue : « Le maître du monde, que tu appelles le fils du charpentier, fabrique un cercueil. » Ce bout de dialogue, inventé après coup par Théodoret, résume, de saisissante façon, les doutes et les inquiétudes qui traversaient l'optimisme des régions officielles. Libanius, en correspondance avec les grands, tâchait de les rassurer. « L'Empereur est vaillant, disait-il ; il conduit vaillamment la guerre, et il la mènera jusqu'au point où il doit rencontrer la récompense. C'est pourquoi l'on doit avoir confiance qu'il reviendra, après qu'il aura glorieusement atteint ou même entièrement renversé la domination persane. » Les événements tournèrent contre ces illusions teintées de craintes. Le 26 juin 363, après trois mois d'efforts vains, Julien expirait sans avoir pu fixer la victoire. Pour sauver l'armée, son successeur Jovien capitulait, abandonnant à l'ennemi cinq provinces et quinze places fortes. Accidentacio !

Ceux qui tiennent que *Philopatris* date de Julien peuvent dire : « Sans doute, l'issue de l'expédition contre les Parthes n'a point été heureuse ; mais elle avait commencé par une victoire sous les murs de Ctésiphon. C'est celle-là que célèbre *Philopatris*. La nouvelle arrive dans une ville où il y a des chrétiens qui promettent mille malheurs à l'Empire et mille morts à l'Empereur. *Philopatris* leur oppose ce premier succès de Julien, et naturellement il l'exagère. *Philopatris* serait donc un morceau d'immédiate actualité, puisqu'il aurait été composé pendant l'expédition même. La bataille, sous Ctésiphon, est de mai 363 ; la nouvelle arrive à Antioche — mettons Antioche — quelques semaines après, et, sitôt connue, l'auteur de *Philopatris* laisse déborder son enthousiasme, sans réfléchir aux retours de la fortune. Il ne se doute guère que, dans le moment où il écrit, le javelot d'un Perse donne raison aux funèbres pronostics des chrétiens. » Cette thèse peut se défendre. Gesner est allé plus loin ; il croit que la victoire dont parle *Philopatris* pourrait être celle-là même après laquelle Julien a succombé.

Je crois que c'est une faute de prendre *Philopatris* pour un article de journal écrit sous le coup d'un télégramme. Au fond, la nouvelle de la victoire, colportée dans la ville par Cléolaus, n'est qu'un artifice de composition. Sinon, il faudrait admettre que l'auteur est sur le point de terminer, lorsque la nouvelle arrive pour lui fournir juste à point la conclusion désirée. Ce n'est point le cas. L'auteur n'enregistre pas seulement la défaite des Parthes ; il célèbre un autre fait qui n'est, en aucune façon, concomitant : la réduction de l'Égypte aux lois de l'Empire. Ce n'est nullement une conséquence de la victoire sur les Parthes ; c'est un phénomène indépendant qui s'ajoute au triomphe de l'Empire et complète son œuvre sur un point fort éloigné du théâtre de la guerre. A ce moment, l'Empereur vit encore. Il ne s'agit donc pas de Julien qui, lui, tomba sur le champ de bataille, comme pour donner raison à ceux qui avaient dit : « Il ne reviendra pas. » La nouvelle de sa mort étant arrivée à Alexandrie le 20 août, ceux qui avaient annoncé du tragique pour le mois mésori ne se seraient pas trompés, et la confusion eût été pour l'auteur de *Philopatris* qui aurait été déçu dans toutes ses espérances.

Et puis, deux courtisans du temps de Julien ne se seraient point hasardés à parler des dieux avec si peu de révérence et des Galiléens avec tant de retenue. Deux hommes voulant plaire au prince et connaissant, d'une part, ses théories sur les dieux nationaux, de l'autre, son traité contre les chrétiens, nous auraient donné quelque chose de plus tranché dans les deux sens. En effet, si *Philopatris* date de Julien, il se circonscrit dans les mois de juin ou de juillet 563, pendant lesquels on vécut dans l'illusion de la victoire.

Julien vivant et victorieux, c'était le retour des dieux enveloppés dans les plis du drapeau, et, s'il eût vécu longtemps, l'assaut donné au christianisme par toutes les forces intellectuelles de l'Empire. Ce n'est pas Triéphon qui aurait eu raison contre Critias par le baptême et la Trinité; c'est Critias qui l'aurait emporté contre Triéphon par le renouveau de l'Olympe et des sacrifices. Si l'auteur de *Philopatris* écrit sous Julien, il sait cela. Il sait que Julien a exclu de ses faveurs tous les Triéphon et gardé tous les Critias; il connaît la lettre où, parlant des chrétiens et de leur accession aux emplois, l'Empereur dit qu'il faut, « en toute rencontre, leur préférer des hommes qui respectent les dieux; car la folie des Galiléens a pensé tout perdre, tandis que la bienveillance des dieux a sauvé tout le monde. » Et c'est sur Julien que Critias et Triéphon comptaient pour établir leurs enfants! Critias renie les dieux au moment où Julien les restaure; Triéphon jure par le Fils de Dieu au moment où Julien le proscrit, ce sont de piètres politiques. Non, jamais, au fort des tentatives de Julien pour relever les dieux nationaux et leurs temples, jamais, dis-je, un écrivain de son entourage n'eût raillé les métamorphoses de l'Olympe; nié crûment la puissance de Jupiter; traité Apollon de faux prophète, qui, par des oracles menteurs, causa la perte de Crésus, celle des habitants de Salamine et mille autres; taxé Neptune d'infâme suborneur; Vulcain, d'adultère par complicité; Mercure, d'impudent valet du lubrique Jupiter; attaqué dans leur honneur Mars, Vénus, et dans sa puissance la sage Minerve elle-même; enfin, représenté Junon comme une coureuse de Suburre.

A l'heure où, par l'ordre de Julien, les sacrifices fumaient partout pour appeler la victoire sur ses troupes, jamais un écrivain ne se fût permis de mettre en doute l'efficacité des taureaux et des chèvres immolés sur les autels. Et si, malgré tout, *Philopatris* date de Julien, on peut

6

dire que l'état d'esprit de l'auteur est en contradiction absolue avec celui du maître qu'il veut flatter. Singulière façon de plaire à Julien que de dire : « Pour les dieux, il y a longtemps que les gens sensés les regardent comme le jeu du kottabos ! » Et puis, à quel moment Julien a-t-il ramené l'Egypte sous sa loi ? Laissons-le donc reposer dans son tombeau de Cilicie, et arrivons à Phocas que nous avons gardé pour la bonne bouche.

XVI

De quelques vierges crétoises.

Je ne disconviens pas qu'on ne trouve dans *Philopatris* des traits qui peuvent se rapporter à Nicéphore II surnommé Phocas. On en trouve aussi dans Phocas qui peuvent se rattacher à Philippe le Bel et à Alexandre de Serbie. Ainsi, Phocas percevait trop d'impôts et il mourut assassiné. Je ne tiendrai aucun compte de ces ressemblances.

En revanche, on ne peut nier que dans le siècle de Phocas, il n'y ait eu dans l'île de Crète des massacres de jeunes filles sur une échelle auprès de laquelle les échelles du Levant sont des mesures infinitésimales.

Les Sarrazins eux-mêmes faisaient une déplorable consommation de ces radieux printemps.

Cela est triste à dire, mais vingt-deux mille jeunes gens ou jeunes filles ne les effrayaient pas. Nous ne pouvons que constater ces choses, sans aucunement les approuver. Nous n'approuvons pas davantage les représailles que le général Nicéphore Phocas, au son de l'hymne à la Vierge qui était le chant de guerre byzantin, exerça contre les Arabes de l'île en 961. Deux cent mille personnes ayant été exterminées dans cette sanglante expédition, quoi d'étonnant à ce que dans un nombre aussi respectable il se soit rencontré de jeunes vierges ? Il y en avait certainement. C'est peut-être le souvenir de ces hécatombes qui permit au vertueux M. Hase de croire que *Philopatris* remontait à Phocas. L'illustre Niebuhr, le Momssen de son temps, l'avait prétendu avant lui, et peut-être ne fut-il pas le premier qui scandalisa le monde par cette proposition téméraire.

De tout temps, les femmes ont dérangé l'équilibre de l'érudition. Quand ce sont des vierges et nombreuses, il n'y a plus aucune prudence à attendre des corps savants. Les larmes qu'ils versent sur les victimes de Phocas ont paru trop rétrospectives. Quelques-uns en ont rajeuni le sujet en soutenant que l'auteur de *Philopatris* fait une évidente allusion aux onze mille vierges que les Huns trucidèrent à Cologne dans le cours tumultueux du xiie siècle. Pour ceux-là, il n'écrit pas moins de mille ans après Lucien ; ainsi, on enlève les lauriers qui chargent la tête de l'empereur byzantin pour les reporter sur celle d'un inconnu qui sévissait deux cents ans après lui. Onze mille vierges de moins dans le compte d'un basileus, c'est appréciable. Phocas doit s'apercevoir là-haut qu'il a perdu quelque chose : il lui manque onze mille vierges.

Ce chiffre, si honorable pour l'île où exerça le Minotaure, ne repose malheureusement sur aucune base solide. Triéphon ne fait pas le dénombrement des vierges crétoises : il se borne à dire qu'il en sait beaucoup qui ont été coupées en mille morceaux. Les morceaux en étaient bons sans doute puisqu'à la longue ils ont donné de tels rejets. Cela déposerait puissamment en faveur de la végétation crétoise, mais encore une fois les souvenirs de Triéphon n'ont aucune valeur statistique. Nous sommes parfaitement libres de croire que les jeunes Crétoises si malmenées étaient au nombre de quatre-vingt-sept ou de trente-deux. Si le texte de *Philopatris* nous lie envers la Crète, il ne nous engage pas envers Phocas, et ce que nous savons de l'histoire de cette île fabuleuse n'étant rien, comparé à ce que nous en ignorons, il est loisible de penser que l'hypothèse Phocas ne nous livre aucunement le mot de l'énigme. Pour ma part, je trouverais très extraordinaire qu'étant donné la situation géographique de la Crète et l'énorme piraterie de la Méditerranée, les hommes aient attendu l'avènement de Phocas pour souiller leurs mains du sang de ces innocentes.

La perplexité est le sort ordinaire des jugements humains.

On peut tout supposer, et nous voyons que Veyssière La Croze reportait ce massacre à la troisième année du règne d'Aurélien, lorsque les Goths, se ruant sur la vieille civilisation, couvrirent de sang et de feu l'Asie et l'Europe. Au demeurant, les Gorgones n'étaient que trois, et, pour en faire davantage dans l'île de Crète, il a suffi de quelques pirates en goguette, si toutefois Triéphon n'évoque pas un souvenir mythologique perdu pour nous.

Il est pourtant un traducteur qui n'hésite pas à les évaluer à dix mille.

C'est Lehmann dans sa grande édition de Lucien. Mais je ne vois pas que le texte grec soit aussi affirmatif.

XVII

Qu'il y a incompatibilité entre Phocas et Philopatris.

Il faudrait démontrer ensuite qu'il y eut sous Phocas une tentative de restauration en faveur des dieux, un réveil de la pensée païenne qui se traduisit par des sacrifices à Jupiter, à Mars, à Vénus, à Apollon et consorts. Il faudrait prouver qu'un parti se dressa dans Constantinople, dans Antioche, dans Salonique ou ailleurs, à qui déplaisait la vue des belles églises romanes et qui immolait des taureaux et des chèvres aux majestés tombées. Ce ne serait pas une mince besogne, même pour un Rouchomowski de l'érudition, et il n'y parviendrait qu'en forgeant des pièces d'une fausseté si criante que les chiens de Constantinople en hurleraient, comme ils font pour des causes infiniment moindres.

Est-ce que sous Nicéphore II, dit Phocas, on jurait encore par Hercule, par Jupiter, par Apollon et autres dieux de l'Olympe ? Est-ce que l'oracle d'Apollon répondait à ceux qui l'allaient consulter ? Contre qui Minerve portait-elle sur sa poitrine l'image affreuse de la Gorgone pour influencer la victoire ? A qui offrait-on des victimes en sacrifice, et pour qui brûlait-on des cuisses de taureaux et de chèvres ? Est-ce que Nicomaque de Gérase était toujours le mathématicien à la mode, et ses ouvrages, dont il reste si peu, étaient-ils alors tellement communs qu'on ne pouvait jeter un nombre dans la conversation sans penser immédiatement à lui ? Le nom de chrétien était-il si compromettant au x⁰ siècle, cent ans après le huitième Concile général de Constantinople (869), qu'un homme baptisé, comme Triéphon, employât encore le mot de Galiléen pour apprendre à Critias l'existence de Jésus-Christ ou de saint Paul ? Quand on se rencontrait dans les rues de Constantinople, est-ce qu'on parlait beaucoup des trois Parques ? Et les Scythes, est-ce qu'on s'en inquiétait beaucoup sous ce nom qui sent encore son Hérodote et qu'on n'oserait plus employer neuf cent cinquante ans après Strabon, de peur de passer soi-même pour un revenant de Scythie ? Est-ce qu'en 969, date à laquelle nous avons eu le malheur de perdre Phocas, la théologie chrétienne était si peu fixée que Critias ne pût expliquer la Trinité qu'avec l'aide de Pythagore ? Est-ce que Phocas et toute la cour et tout le peuple n'étaient pas sur ce point autrement ferrés qu'on ne l'est dans la chrétienté actuelle ?

M. Salomon Reinach l'a fort bien dit : il n'y avait plus de païens à Constantinople sous Phocas.

Philopatris ne serait-il qu'un amusement de rhéteur, un pastiche saïtapharnesque de motifs anciens ? En ce cas l'opposition entre les deux religions se serait accusée plus franchement, et nous n'en serions pas à nous demander dans quel siècle nous sommes.

La conception trinitaire de *Philopatris* ne serait pas à l'état d'embryon. Il ne la proposerait pas sous le couvert de Pythagore. Ce serait un article de foi. Songeons que Triéphon n'en est encore ni à la consubstantialité du Père et du Fils, ni à la divinité du Saint-Esprit, troisième personne ! Comment comprendre une pareille hésitation au xe siècle, alors que la Trinité est passée en force de chose jugée, depuis le quatrième, et qu'on y a presque ajouté la Vierge ? Savez-vous bien que des deux interlocuteurs de *Philopatris*, l'un, Critias, eût été lié comme fou, et l'autre, Triéphon, comme hérétique ? Autant en avait-on fait jadis aux légions de Macédoniens, d'Eunoméens, d'Eudoxiens, de Sabelliens, de Marcelliens, d'Apollinaristes, de Nestoriens, de Manichéens, de Priscillianistes, d'Eutychéens et de Monothélistes pour avoir trop limité ou trop étendu la substance divine. Sous Phocas, dans la capitale de l'Empire, l'auteur de *Philopatris* aurait eu sa maison pleine d'images religieuses de couleur ou de mosaïque ; il aurait trouvé Jésus-Christ et sa Sainte Mère, les saints apôtres et les Evangélistes sur les vases, sur les meubles, sur les habits, sur les murailles, sur les chemins, partout. Adoration, autels, triptyques, icônes, évangéliaires, nimbes d'or, voiles, surplis, dalmatiques, mitres, crosses, anneaux, encens, saluts d'honneur, luminaires, il aurait connu toute la pompe ecclésiastique et tout le rituel byzantin. Au milieu de ce luxe idolâtrique, voyez-vous Triéphon entonnant timidement un hymne au Père pour le remercier d'avoir donné la victoire à Phocas ? Le Père ! d'où sors-tu, mon pauvre Triéphon ?

Si par hasard, *Philopatris* est de la fin du xe siècle, si près de l'an mille, de la fin du monde ! comment se fait-il qu'il ne porte en rien la marque historique de l'époque ? Qu'on n'y trouve pas un mot, pas un terme, pas une comparaison, pas une citation, pas un nom qui rappelle des choses postérieures au iie siècle de notre ère ? Que l'auteur soit à ce point enfoncé dans la mythologie exclusivement païenne, enfermé dans la philosophie et la poésie strictement grecques qu'il semble vraiment que le monde ait cessé de vivre à partir de Lucien, de Nicomaque de Gérase et d'Artémidore d'Ephèse ?

Relève-t-on dans *Philopatris* des mots qui ne conviennent qu'au xe siècle ? Point. Mais l'empereur est désigné sous le nom d'autocrator, et

c'est bien ainsi qu'on appelait Phocas? Sans doute, mais le mot est fort
ancien, il est dans Xénophon, il est dans Thucydide, il est entré dans la
langue politique avec Plutarque qui s'en sert pour désigner Galba. Il n'est
donc pas la propriété des empereurs d'Orient.

Le mot *exisotès* qui répond à l'idée de perœquator, autrement dit
répartiteur du cens (d'autres l'ont traduit par vérificateur des poids et
mesures), est un vocable d'assez basse grécité comme tous les néolo-
gismes administratifs, mais très antérieur à la période byzantine et très
régulièrement formé d'un verbe aussi ancien que les plus anciens
auteurs grecs. Il avait très probablement disparu de la langue officielle
sous Phocas, ainsi que la fonction à laquelle il répondait au temps de
l'empire romain.

XVIII

NOUVELLES INCOMPATIBILITÉS, NOTAMMENT POUR LE NOBLE JEU
DU KOTTABOS.

Je ne suis point de ces Hellénistes qu'on place entre Pottier et
Croiset, et je désespère d'avoir jamais mon buste dans un couloir d'Académie, à moins que ce ne soit comme cancre, mais j'ai toujours entendu
dire que, du premier siècle au dixième, la langue grecque avait éprouvé
des modifications profondes et comme un renouvellement de substance,
jusqu'à constituer finalement une autre langue. A-t-on abusé de ma
candeur? S'il en est ainsi, c'est mal, car on me savait sans défiance. Si,
au contraire, on m'a dit la vérité, comment se fait-il qu'un document
grec puisse être indifféremment daté du second siècle ou du dixième
confinant au onzième? Si une telle confusion est possible, si la termino-
logie est la même à neuf cents ans près, à quoi bon enseigner l'épigraphie et la philologie?

Bannissons, oui, bannissons ces vaines sciences, puisqu'elles ne
permettent pas de distinguer entre une ordonnance de Louis le Gros et
un arrêt du Conseil d'État, entre Grégoire de Tours et les *Trois Mous-
quetaires*, entre Guillaume de Tyr et les romans du vicomte d'Arlin-
court, entre *Viens, Poupoule*, et la *Chanson de Roland!*

Rien de moins byzantin que le style de *Philopatris*, rien qui sente
moins la ville où les phrases, vêtues comme les grands, ressemblent
elles-mêmes à des châsses et à des reliquaires. Aucun de ces mots

composés qui donnent aux choses, même ordinaires, des reflets de verroteries et des airs de tabernacles. C'est une langue toute nue, toute simple, dont les souvenirs classiques sont les seuls ornements. L'Empereur de *Philopatris* a la toge aux longs plis léguée par les Antonins ; il a le front couronné de lauriers, il tient en main le rouleau d'Ulpien. Ce n'est point une icône dorée, chamarrée, damasquinée, écrasée sous le poids des émeraudes et des topazes.

L'Empereur de *Philopatris* a l'air d'un deuxième confident de tragédie à côté du Basileus orthodoxe, de l'Autocrator très grand et tout cousu d'or que représente Phocas. A celui-ci l'auteur n'eût pas osé montrer son petit ouvrage. Le Basileus eût haussé les épaules à la lecture de cette composition falote, où il n'est même pas comparé, pour la foi, aux saints apôtres, et, pour la victoire, à David. Un tel exercice de rhétorique semi-païenne, semi-chrétienne, devant les Fils de la Vierge toute sainte ! Qu'eût pensé Polyeucte, le patriarche très pieux de Constantinople ? Il eût pour le moins exilé ce grimaud qui, au lendemain du triomphe de l'Isapostole sur l'Agarène, se permettait de discuter encore avec les dieux édentés de l'Olympe et de parler sacrifices devant la Croix dressée au-dessus de toutes les églises. Quoi ! ces haillons du gentilisme devant Sainte-Sophie et devant Sainte-Marie-Chalcopratienne ! Ces lamentables défroques, en face du fragment de la Vraie Croix, « vénérable, vivifiante, qui procure la victoire » et de la Vierge hypermachos, « celle qui combat pour les siens » ! Allons donc ! Et ce rhéteur, attardé dans les choses de la vieille Athènes, ce Grec qui en est resté au kottabos, attendrait quelque chose de Phocas en récompense de *Philopatris* ? Non, non ! ce sont des contes pour les petits enfants qui vont à la moutarde.

Un malheureux, à ce point enfoncé dans la matière païenne, qu'il en est réduit à appeler les Sarrazins des Scythes ! A-t-on idée d'une pareille impertinence ? Et quel étonnement, s'il eût proposé à Phocas une partie de kottabos !

Car Philopatris connaissait ce jeu dont on avait oublié jusqu'au nom sous Phocas : jeu déjà tombé en désuétude au temps de Lucien qui en parle dans *Lexiphane*, si toutefois *Lexiphane* est de Lucien. « A l'égard de tes dieux, dit Triéphon à Critias, il y a longtemps que les gens sensés le regardent comme un jeu de kottabos. » C'était un jeu fort ancien dans Athènes, ou plutôt toute une famille de jeux procédant du même principe. Sur des vases peints nous voyons des gens qui tiennent une coupe à la main et qui s'amusent à lancer de l'eau dans un plateau : ce sont des joueurs de kottabos. On en tirait des présages d'amour, selon le degré de sonorité que rendait le plateau : un peu... beaucoup... passionnément... pas du tout... On y jouait encore, à l'époque de Lucien, parmi les Grecs d'Alexandrie. Je pense qu'au seul nom de kottabos, les Byzantins de Phocas auraient fait apporter un lexique.

Philopatris ne nous dit pas à quelle espèce de kottabos il fait allusion. Ce qui importe, c'est le sens qu'il lui attribuait. Ici, le kottabos est synonyme de Colin-Tampon ; les gens raisonnables se moquent des dieux comme d'un simple kottabos. Cela prouve qu'après avoir enchanté des générations dans les banquets et aux bains, ce jeu n'a plus pour lui les faveurs de la jeunesse. Mais les savants exagèrent en prétendant qu'il était passé de mode dès la fin du IIIᵉ siècle avant J.-C. Le dialogue de *Lexiphane*, qui paraît postérieur de deux siècles à notre ère, montre que le kottabos avait encore des fidèles, surtout le jeu qui consistait à couler d'un jet victorieux la flottille de petites soucoupes disposées à fleur d'eau dans un grand vase. Pour les autres, je vous renvoie aux spécialistes, car, sans pouvoir rivaliser de gloire avec les échecs, le kottabos a eu ses monographes dans les temps modernes.

Quand je dis que le kottabos a complètement disparu, je l'entends dans la forme qu'il eut chez les Siciliens et les Grecs. Moi qui vous parle, j'ai vu jouer au kottabos. Il vous souvient, mon cher Poirier, du voyage que nous fîmes autrefois dans toutes les Espagnes. Vous n'aviez pas encore la chaire d'anatomie que vous occupez si brillamment à la Faculté de Paris. Moi, je n'étais déjà rien, et nous n'en étions pas plus tristes. Ne négligeant aucun moyen de nous instruire, nous allions dans les flamencos de Séville pour étudier les belles manières. Vous vous rappelez certainement l'honorable ami que nous nous étions fait chez Silverio et qui nous recevait au cri de : « Libertad, Fraternitad y Petrolio ! », sans toutefois qu'il ait pu nous mener plus loin que le Manzanilla. Vous n'avez pas oublié avec quelle dextérité il agitait circulairement son verre, avec quelle adresse il projetait son vin en l'air en la forme d'une colonne liquide, avec quelle précision il le rattrapait sans en perdre une goutte dans ce verre un instant vide. Et le petit « flac » que faisait le vin en réintégrant le verre ? Vous seriez bien ingrat si vous l'aviez oublié. Eh bien, cet honnête Espagnol jouait d'une certaine manière au kottabos ; son verre était à la fois le point de départ et le but : c'est le kottabos de la Andalucia. Il vaut bien celui d'Alexandrie.

Revenons à Phocas.

XIX

Phocas a guerroyé contre les Parthes. Ah! oui, parlons-en de cette fameuse expédition. On ne sait même pas à quelle date elle eut lieu, si ce fut en 964 ou en 966. A peine les esclaves du Christ — ainsi appelait-on les soldats de Nicéphore — purent-ils aller jusqu'où avait percé Lucullus. Ils dûrent s'arrêter sous Nisibe et sous Amida. Nisibe, ville immense, rempart de la frontière assyrienne, Nisibe, jadis emportée par Lucullus et par Trajan, admirablement fortifiée par Septime-Sévère, perdue sous Jovien et redevenue cité persane, tint contre tous les assauts. Le grand exploit de Nicéphore fut le pillage d'une caravane, et il lui fallut revenir en toute hâte pour faire front à la guerre sainte que les musulmans de Syrie avait prêchée et qui grondait sur ses derrières. Est-ce là ce que *Philopatris* entend « par la prise de Suse, la reddition de Babylone, la réduction de l'orgueilleux Persan en esclavage » et tout le reste ? Et peut-on soutenir un seul instant que, par cette razzia manquée, Phocas ait « réprimé pour jamais les incursions des Scythes ? » Le pauvre diable ! il eût bien de la peine à garder la Syrie, pendant que les Bulgares et les Russes le pressaient, l'étouffaient dans les Balkans. Quant à sa pointe en Mésopotamie, elle avait si peu préoccupé les « philopatris » du monde byzantin, elle était si impromptue qu'on l'ignorerait presque, sans les chroniqueurs arabes. Personne, à cette occasion, ne tremblait pour la vie de Phocas. Savait-on seulement qu'il était parti pour la Mésopotamie ?

Donc, du côté des Parthes et des Scythes, Phocas ne réunit aucune des conditions requises pour rentrer dans le cadre historique de *Philopatris*. Encore moins du côté des Égyptiens.

Pour dicter des lois à l'Égypte, il eût fallu que Phocas en délogeât les musulmans. Il paraît bien qu'il y songea ; mais il s'en tint à un rêve de croisade. A défaut du Caire et de l'Égypte, il se serait très bien contenté de Jérusalem et de la Palestine. Cela se passa en tartarinades. Nous avons son défi au khalife ; c'est un chef-d'œuvre de matamore byzantin. Il conte le plaisir qu'il eut à trancher des cous en Cilicie, à meubler ses harems de Crétoises aux longues chevelures, à capturer les femmes d'Alep, aux membres rebondis et aux poignets délicats. On se croirait déjà en pleines Messéniennes. Nous avons aussi la réponse du khalife qui, par un sang-froid dédaigneux, atteint aux plus hauts sommets de l'ironie. Insensible aux menaces, le khalife reproche à Nikfour — un nom déprimant pour la gloire de Phocas — d'ignorer « les règles du discours quand il s'agit de dialectique. » Il lui conseille de se faire musulman au plus vite pour éviter les désagréments qui l'attendent, et notamment la prise de Constantinople. Il faut lire cela tout au long, c'est délicieux.

Si Phocas était Nicéphore pour les Byzantins, il n'était que Nikfour pour les fils de Mahom. Ceux qui occupaient l'Égypte n'étaient pas au khalife d'Asie; ils n'étaient même pas au khalife d'Afrique; mais ils pensaient de Nikfour comme leurs frères en Allah. Et si Nikfour se fût avisé d'envahir la vieille terre des Pharaons, il y eût trouvé, outre les occupants, le khalife d'Afrique, Mouizz, qui la convoitait et qui la prit l'année même où le Basileus mourut assassiné, après avoir subi en Sicile un désastre qui l'avait réduit à dire : « Arrangeons-nous. » Si c'est cela que *Philopatris* entend par « l'Égypte soumise », je consens à circuler en plein jour dans Paris, coiffé de la tiare de Saïtapharnès, avec M. Salomon Reinach à mon bras.

XX

DE L'ATTITUDE DES MOINES EN CAS DE GUERRE CONTRE LES SARRAZINS.

L'action de *Philopatris* ne se passe donc ni à Constantinople ni sous Phocas. Il n'y avait pas un homme du peuple, assez naïf alors pour s'imaginer que l'Égypte fût soumise aux lois byzantines. Tout démontre que la scène est à Alexandrie où il y avait un théâtre, où on comprenait les hiéroglyphes, et où l'on se servait du mot mesori pour désigner le mois d'août.

Partant, les mauvais patriotes, que dénoncent Triéphon et Critias, ne sauraient être des moines, et sur ce point je suis, avec M. Salomon Reinach, contre Renan.

J'en dirai la raison, car, lorsque je tiens une preuve, je ne la lâche pas. Il est impossible que, par des gens qui se donnent rendez-vous au faîte de la maison et pour jeûner! Philopatris ait voulu désigner des moines. Des moines, fussent-ils d'Orient, ne se rassemblent pas là : c'est beaucoup trop loin de la cave. Je suis étonné que M. Renan ne l'ait pas compris, lui qui avait à un si haut degré le sentiment des choses ecclésiastiques.

Ce n'est point par des jeûnes affaiblissants et répétés que les moines s'associent aux guerres entreprises par les princes, surtout quand elles ont lieu contre des Sarrazins.

Quand un prince, voire un simple seigneur, marche contre un Sarrazin, les moines s'assemblent dans le cellier et attaquent, au milieu des tonneaux et des verres, un de ces chœurs dont *Le comte Ory* nous offre un exemple frappant :

Tandis qu'il fait la guerre
Au Turc, *au Sarrazin*,
A sa santé si chère,
Buvons ce jus divin! (*bis*)
Qu'il avait de bon vin
Le seigneur châtelain (*bis*)!
Buvons (*ter*) ce jus divin !

Vous le voyez, le mot « Sarrazin » y est bien.

Pour qu'une telle tradition se soit conservée dans un livret d'opéra — on sait avec quel soin ces documents sont présentés — il faut qu'elle s'appuie sur un ensemble de faits véritables dont le faisceau constitue la preuve. Dès lors, il est évident que M. Renan s'est trompé. *Philopatris* ne parle pas des moines. Je sais bien ce qu'on me répondra. Il s'agit de moines qui ne sont pas contents. Mais c'est sous Valens qu'ils n'étaient pas contents, parce que Valens les soumettait au service militaire. Ils devaient être tout à fait contents sous Phocas qui, lui, faisait la guerre à ses frais. Si la discussion s'envenimait, j'avertis mes adversaires que je tiens en réserve beaucoup d'arguments d'égale force. Aussi ne s'y frotteront-ils pas.

Moralité : en continuant l'œuvre des gratteurs, les critiques sont parvenus à enlever tout intérêt à *Philopatris* par une transposition de temps. *Philopatris* sous Phocas fait l'effet d'un morceau écrit neuf siècles trop haut. C'est un bégaiement du second siècle chrétien, on en fait un rabâchage du dixième. C'est un geste de catéchumène, on en fait un exercice de grammairien. Pour lui laisser son caractère, il faut lui laisser son âge. On l'a vieilli en cherchant à le rajeunir. Triéphon paraît plus fané sous le repeint de Byzance qu'avec sa patte d'oie d'Alexandrie. Relisez *Philopatris* : toute sa saveur est dans la gaucherie de l'argumentation. Critias trahit positivement les dieux afin qu'ils tombent plus vite sous les coups de Triéphon, et Triéphon n'est vainqueur que faute d'adversaire. Il n'emprunte rien à l'arsenal d'arguments où va bientôt puiser Origène. C'est un auditeur de Clément d'Alexandrie, à ses débuts. Il n'est ni taillé ni armé pour les subtiles discussions qui s'ouvrent avec le troisième siècle. Si Critias répliquait soutenu par un Celse, on se demande ce qu'il adviendrait du pauvre Triéphon.

XXI

Phocas évoqué fait goûter a l'auteur les joies savoureuses de l'adulation byzantine.

Toutefois, avant de donner au monde civilisé le spectacle d'un homme qui se vautre dans son erreur, j'ai fait un retour sur moi-même. Après un contrôle sévère de ce qui précède, le Doute, le pâle Doute qui dessèche les âmes, s'est assis à califourchon sur mes affirmations et sur celles de M. Salomon Reinach. Effroyable monture !

En cet estrif, j'ai interrogé Nicéphore lui-même, et par tous les moyens connus de la magie j'ai essayé de lui arracher jusque dans la tombe le secret de *Philopatris*. J'ai commencé par la thrasyllomancie et par la renanomancie, par l'artémidoromancie et par la nicomachomancie ; j'ai continué par l'olbiospicine, l'hasospicinine, l'élinaspicine, la gérasospicine, j'ai eu recours successivement à la lucianomancie, à l'apuleiomancie, à la kottabomancie, à la théodororeinachomancie, à la josephoreinachomancie, à la salomonoreinachomancie. Aucun de ces efforts n'a été couronné de succès. Ce que voyant, en désespoir de cause, j'ai fait appel à la rouchomowskomancie et à la claromontanoganomancie. Ô merveille ! Nicéphore II surnommé Phocas m'est apparu aussitôt :

« Ta science, me dit-il, est un puits dont on ne peut trouver la profondeur, une fleur dont on ne peut épuiser le parfum, une lumière dont on ne peut amortir l'éclat. Lorsque Saint-Pierre te recevra dans le séjour des bienheureux, les harpes célestes sonneront sous les doigts des archanges, et le Roi des Rois...

— Je le savais, fis-je, tu es un homme de goût. Je voulais seulement te demander si tu as connu l'auteur de *Philopatris*. Réfléchis bien avant de répondre, car ton témoignage doit trancher la difficulté.

Il reprit :

— C'est toi qui as raison contre tout le monde. Ton érudition véritablement incomparable éclipse celle des Niebuhr, des Hase, des Renan et, qui plus est, des Reinach. Tu les surpasses tous par l'ingéniosité de la déduction et par la sûreté du jugement. Tu les sidères. Tu es toi-même une sorte de Logos, et il y a en toi je ne sais quel génie qui participe de la divinité. Après tout ce que tu viens de démontrer, et avec quelle éloquence, avec quelle propriété de termes ! comment douter que *Philopatris* échappe à Trajan, à Marc-Aurèle, à Julien, à Aurélien, à Dioclétien et à moi-même pour se rattacher au seul Septime-Sévère ?

Comment croire qu'il a été écrit ailleurs qu'à Alexandrie ? Ces gens de l'Académie des Inscriptions et Belles-Lettres ne sont, sauf leur respect, que de vieilles badernes et c'est toi qui devrais être à leur place, et quand je dis à leur place, j'entends qu'à toi seul tu vaux un Institut tout entier. Glorifie-toi donc en toi-même, et tiens-toi pour omniscient, puisque tu as déchiré le voile qui dérobait aux humains l'âge exact de *Philopatris*. »

Ainsi parla Nicéphore II surnommé Phocas.

XXII

PHOCAPHARNÈS.

Eh bien ! — à qui se fier désormais ? — j'ai appris que c'était un faux Nicéphore, un Phocas truqué d'après des motifs byzantins. On m'a même dit qu'il avait été entièrement fabriqué à Odessa où on l'appelait Phocapharnès. Il s'était payé ma tiare !

TABLE DES MATIÈRES

Paris. — Imp. de l'Art, E. Moreau et Cⁱᵉ, 41, rue de la Victoire.

DU MÊME AUTEUR

ÉTUDE SUR UNE FOLIE A ROME, avec un avant-propos par Albert de Lasalle et portrait de F. Ricci à l'eau-forte. (Bachelin-Deflorenne, 1870, in-12.)

LA FOURCHETTE HARMONIQUE, histoire de cette société musicale, littéraire et gastronomique. (Lemerre, 1872, in-12.)

LA FOIRE SAINT-LAURENT, son histoire et ses spectacles, avec plans et estampes. (Lemerre, 1878, in-8°.)

JEAN MONNET, vie et aventures d'un entrepreneur de spectacles au XVIII° siècle, avec deux estampes. Lemerre, 1884, in-8°.)

RABELAIS ET SON MAITRE. (Lemerre, 1884, in-8°.)

PIERRE CORNEILLE, ses dernières années, sa mort, ses descendants. (Librairie de l'Art, 1884, in-12.)

SCÈNES DE LA VIE FANTAISISTE. (Charpentier, 1884, in-12.)

RABELAIS CHIRURGIEN, avec quatre figures. (Lemerre, 1885, in-12.)

BRAVOS ET SIFFLETS, aggravés d'une préface. (Dupret, 1886, in-12.)

RABELAIS LÉGISTE, avec deux fac-similés. (Dupret, 1887, in-18.)

ENTRE DEUX STATIONS, avec dessins de Robida. (Librairie illustrée, 1887, in-12.)

FRANÇOIS RABELAIS, ses voyages en Italie, son exil à Metz, avec portrait à l'eau-forte, autographes, nombreuses gravures. (Librairie de l'Art, 1891, grand in-8°.)

LA VILLE DE L'OR, projet et plan d'une Exposition financière internationale. (Ollendorf, 1896, in-12.)

VILLEGAGNON, ROI D'AMÉRIQUE (1510-1572). UN HOMME DE MER AU XVI° SIÈCLE, un vol. in-4°. (Leroux, 1897.)

UNE LETTRE FAMEUSE : RABELAIS A ÉRASME. (Paris, Librairie de l'Art, 1902, in-4°.)

————

LA CHRONIQUE MUSICALE, REVUE DE L'ART ANCIEN ET MODERNE, 1873-1876, 11 volumes grand in-8°, avec gravures et musique.

LE MONITEUR DU BIBLIOPHILE, GAZETTE LITTÉRAIRE ET ANECDOTIQUE (en collaboration avec Jules Noriac), 1878-1880, 11 vol. grand in-8°, parmi lesquels :

L'ANGLAIS MANGEUR D'OPIUM, traduit de l'anglais et augmenté par Alfred de Musset.

LE JOURNAL DE COLLETET, premier « Petit Journal » parisien.

————

Paris. — Imp. de l'Art, E. MOREAU ET Cⁱᵉ, 41, rue de la Victoire.

www.ingramcontent.com/pod-product-compliance
Lightning Source LLC
Chambersburg PA
CBHW061651180626
46818CB00003B/1046